LE LIBERTINAGE AU XVIIᵉ SIÈCLE
(Disciples et successeurs de Théophile de Viau)

LES CHANSONS LIBERTINES

DE

CLAUDE DE CHOUVIGNY

baron de Blot l'Eglise

(1605-1655)

Précédées d'une notice et suivies de couplets de ses amis :
CH. DE BESANÇON, CONDÉ,
CYRANO DE BERGERAC, HOTMAN, CARPENTIER DE MARIGNY,
PATRIS, le Chevalier DE RIVIÈRE.

1919

LES

CHANSONS LIBERTINES DE BLOT

LE LIBERTINAGE AU XVIIᵉ SIÈCLE

I. — Le Procès du poète Théophile de Viau (11 juillet 1623-1ᵉʳ septembre 1625), publication intégrale des pièces inédites des Archives nationales, portraits et fac-similé. 2 vol. in-8ᵒ de XLVI, 592 et 448 pp., tiré à 500 exempl. numérotés.
Ouvrage honoré d'une souscription du Ministère de l'Instruction publique. — Prix Saintour de l'Académie française, 1910.

II. — Disciples et successeurs de Théophile de Viau. La Vie et les Poésies libertines inédites de Des Barreaux (1599-1673) et de Saint-Pavin (1595-1670). In-8ᵒ de xiv et 541 pp., tiré à 500 exempl. numérotés.

III. — Une seconde révision des œuvres du poète Théophile de Viau (corrigées, diminuées et augmentées) publiée en 1633 par Esprit Aubert, chanoine d'Avignon, suivie de pièces de Théophile qui ne sont ni dans l'édition d'Esprit Aubert (1633) ni dans celle d'Alleaume (1855). In-8 de 145 pp., tiré à 205 exempl.

IV. — Les recueils collectifs de poésies libres et satiriques publiés depuis 1600 jusqu'à la mort de Théophile (1626). Bibliographie de ces recueils et bio-bibliographie des auteurs qui y figurent donnant : 1ᵒ L'historique et la description de chaque recueil. — 2ᵒ Les pièces de chaque auteur (titre et premier vers) avec une notice et une bibliographie dudit auteur. — 3ᵒ Une table générale des pièces anonymes avec le nom des auteurs pour celles qui ont pu être attribuées, etc. Suivies 1ᵒ Du dépouillement : d'un recueil satirique publié à l'étranger, *Les Epitaphia joco-seria* ; des Ms. 884 et 24 322 de la Bibl. nat. ; du Ms. Villenave *(Petit Cabinet de Priape)*; de partie du Ms. Conrart, 4 123 *(Sonnets gaillards et priapiques)*; du Ms. L'Estoile *(Recueil bigarré du grave et du facétieux)*. — 2ᵒ D'une table des pièces non signées de ces Ms. qui ne se trouvent pas à la Table des pièces anonymes des recueils libres et satiriques. — 3ᵒ Des poésies inédites de Berthelot, Regnier et Sigognes du Ms. 534 du Musée Condé. In-4ᵒ de 8 ff. et 601 pp., tiré à 305 exempl. numérotés.
Mention très honorable (Prix Brunet, 1915) de l'Académie des Inscriptions et Belles-Lettres.

V. — Les Œuvres libertines de Claude Le Petit, parisien, brûlé le 1ᵉʳ septembre 1662, précédées d'une notice biographique : *L'Escole de l'Interest*. — *L'Heure du berger*. — *Le Bordel des Muses (poésies diverses, Paris ridicule, Madrid ridicule, etc.)*. In-8ᵒ. Tirage à 200 exempl. numérotés.

Pour paraître prochainement :

VII. Mélanges : L'Ancêtre des libertins du xviiᵉ siècle : Geoffroy Vallée, brûlé en 1574, et la *Béatitude des chrestiens*. — Jean Fontanier, brûlé en 1621, et le *Trésor inestimable*. — Le procès de *L'Escole des filles* (1655), le premier livre véritablement obscène écrit en français. — Une première attaque inconnue de Claude Garnier, le dernier tenant de Ronsard contre Théophile de Viau. — Une victime de Henri IV : Le comte de Beaumont et mademoiselle de la Haye. — Adrien de Montluc, comte de Cramail. — Supplément à l'histoire posthume de Théophile. — Etc., etc.

LE LIBERTINAGE AU XVIIᵉ SIÈCLE
(Disciples et successeurs de Théophile de Viau)

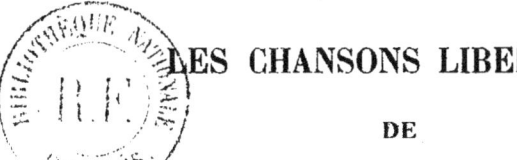

LES CHANSONS LIBERTINES

DE

CLAUDE DE CHOUVIGNY

baron de Blot l'Eglise

(1605-1655)

Précédées d'une notice et suivies de couplets de ses amis :
CH. DE BESANÇON, CONDÉ,
CYRANO DE BERGERAC, HOTMAN, CARPENTIER DE MARIGNY,
PATRIS, le Chevalier DE RIVIÈRE.

1919

Le biographe n'a guère la possibilité de retracer par le menu l'histoire de la vie de Blot (1), les documents originaux faisant jusqu'ici absolument défaut. On sait seulement qu'elle se confond avec celle de Gaston d'Orléans dont il fut un des officiers les moins disciplinés. Blot est avec Jean-François-Paul de Gondy, coadjuteur de l'archevêque de Paris, plus tard cardinal de Retz, un des types les plus représentatifs de la haute noblesse dévoyée de son rôle pendant la Fronde. C'est le libertin de grande maison n'ayant ni convictions religieuses ni convictions politiques et foulant chaque jour aux pieds le respect et l'autorité. Il apparaît comme un déséquilibré complet ayant perdu tout contact avec le passé et se souciant aussi peu du présent que de l'avenir. Sa philosophie se résume en deux mots : *boire et f.....*, et, après lui, le déluge ! Il aurait signé sans sourciller les vers de Des Barreaux :

> J'ayme cet Empereur de Rome,
> Qui se tuant en galant homme,
> Eust voulu du mesme couteau
> Dont il se fit playe profonde,
> Faisant de sa main son tombeau,
> Le faire aussy de tout le monde.

La nature libertine de l'esprit de Blot se manifestait par une verve meurtrière ne ménageant ni Dieu, ni la religion, ni la Reine, ni les ministres : Richelieu ou Mazarin, ni même son maître Gaston d'Orléans. Ses chansons sont le commentaire éloquent d'une existence complète-

---

(1). A notre connaissance on s'est fort peu occupé de Blot, on l'a très souvent cité mais c'est tout ; les biographies sont à peu près muettes sur son compte, quand elles ne le confondent pas avec Bouthillier de Chavigny. Il a été cependant l'objet d'un article intéressant de M. E. Roca : *Blot et les jeunes libertins* (*La Nouvelle Revue*, n° 32, III° série, T. VIII, 1909).

ment vide. Précisons — et le point est d'importance — que Blot n'a lâché la bride à ses saillies les plus osées qu'après la mort de Richelieu. Sous un gouvernement fort, résolu à se défendre et à défendre la société, les semeurs d'ivraie, les mauvais bergers se tiennent sur la réserve, leur bravoure les fait demeurer à l'écart, il en est même beaucoup chez qui cette prédisposition ne se révèle et ne se traduit en actes qu'à l'instant où l'État tombe dans des mains faibles et incapables, en un mot quand la dissolution sociale commence par l'effondrement du pouvoir. L'absence de toute répression donne de l'audace aux plus veules et tel qui n'aurait jamais écrit une ligne séditieuse devient un coryphée d'anarchie. Blot est de ces derniers, sa production poétique, celle du moins qui est venue jusqu'à nous, s'étend surtout de la mort de Richelieu à l'année 1653. Les rares pièces antérieures à cette période n'ont vu le jour qu'après 1642 ; Blot les tenait soigneusement cachées, il ne voulait pas s'exposer à faire une connaissance trop intime et trop prolongée avec les cachots de la Bastille.

Les amis de Blot, et ils sont nombreux, ne valent guère mieux que lui : un chevalier de Rivière, un Roquelaure, un Romainville, etc., etc., ne sont ni moins ardents au plaisir, ni moins hostiles à l'autorité et à la religion, ni moins cyniques dans leur langage ; tous ces frondeurs nous montrent la bête humaine libérée de toute contrainte morale et matérielle. Si la royauté n'avait pas eu d'aussi solides racines dans le pays, si elle n'avait pas lié partie avec l'Église, elle eut été emportée dans la tourmente qui a passé sur la France de 1647 à 1652. La souplesse de Mazarin a permis à la noblesse de se ressaisir et de préparer l'époque où le régime monarchique a atteint son apogée : le règne du Roi-Soleil. A quelle cause attribuer chez Blot et ses amis cette méconnaissance de leurs intérêts les plus évidents, cette trahison envers leurs ancêtres et leurs successeurs? Il suffit pour comprendre leur mentalité de placer leur adolescence entre 1615 et 1623 au moment où le libertinage battait son plein, où la déchristianisation même de la France était sournoisement tentée par la propagation des *Quatrains du Déiste* (1) ; l'atmosphère libertine que l'on respirait alors les avait pénétrés jusqu'aux moelles. Blot, comme tant d'autres, n'a pas eu assez de force de caractère pour s'en libérer et il en a été la victime.

———

(1). Nous avons publié ces quatrains dans le T. II du *Procès de Théophile*, *publication intégrale des pièces inédites des Archives nationales, Paris*, 1909.

L'auteur présumé des *Quatrains du Déiste*, Claude Belurgey, professeur de rhétorique au Collège de Navarre, à Paris, se moquait de la Sainte-Écriture, et surtout de Moyse et de tous les prophètes, haïssait les Juifs et les moines, n'admettait aucun miracle, prophétie, vision ni révélation, se moquoit du Purgatoire, disait que les plus sots livres du monde étaient la *Genèse* et la *Vie des saints*, que le Ciel empirée était une pure fiction; voilà, si on en croit Guy Patin, un des éducateurs de la jeunesse dans la période qui va de 1605 à 1620 !

La famille de Blot.

La famille Chouvigny de Blot a pour premier auteur connu Bertrand, damoiseau, possesseur du château de Chouvigny ou Chovigny, dans la seigneurie de Chouvigny située sur les bords de la Sioule ; il avait épousé Agnès, dame du Sauzet et de Chazeuil, près de Varennes-sur-Allier, avec laquelle il vivait en 1300 et qui mourut entre 1333 et 1335, laissant au moins deux fils : Guillaume et Guillemin (1).

La descendance de Guillaume, l'aîné des deux frères, se partagea en plusieurs rameaux, tous éteints avant la fin du xve siècle, qui possédèrent les seigneuries de Nades, de Saint-Gérand, de Vaux, etc., et dont le principal eut pour dernière représentante Isabeau de Chouvigny, dame de Nades, mariée le 3 novembre 1409 à Pierre de Montmorin.

Guillemin, second fils de Bertrand, posséda la seigneurie Du Vivier également située sur les bords de la Sioule, dans la paroisse de Saint-Gal. Il épousa dans les premières années du xive siècle Catherine de Blot, alors seule survivante d'une puissante famille de la Basse-Auvergne, que la tradition faisait descendre de celle des premiers sires de Bourbon. Cette dame lui apporta le château de Blot, sur la Sioule, dont il existe encore des ruines importantes, et la seigneurie de Blot-l'Église. Les descendants de Guillemin de Chouvigny et de Catherine de Blot furent indistinctement connus sous le nom de Chouvigny ou sous celui de leurs deux seigneuries de Blot. Guillemin de Chouvigny laissa quatre fils dont l'aîné Jean continua la descendance.

La filiation n'est rigoureusement établie qu'à partir de Hugues de Chouvigny, seigneur ou baron de Blot, sénéchal d'Auvergne en 1458, puis conseiller et chambellan du roi, etc., fils de Jean de Chouvigny et de Dauphine de Bonnebaud. Hugues de Chouvigny avait épousé en février 1445 Catherine, fille du maréchal de La Fayette et héritière de la seigneurie de Saint-Agoulin (Puy-de-Dôme). Leur fils, Gilbert de Chouvigny, baron de Blot, grand veneur du duc de Bourbon en 1521, épousa le 14 avril 1478 Catherine Loup de Beauvoir dont il eut une nombreuse postérité. Trois de ses fils : Jean de Chouvigny, seigneur de Blot-le-Château, marié à Gabrielle des Forges, ou des Farges, rappelé comme défunt dans un acte de 1548, Antoine de Chou-

---

(1) Peut-être un troisième nommé Roger, lequel cité en 1322 fut le mari de Jeanne de Châtel-Montagne.

vigny de Blot, seigneur du Vivier et de Saint-Agoulin, chambellan
du duc de Bourbon, marié en 1511 à Françoise Du Gué de Persenat,
et Pierre de Chouvigny, seigneur de Nassigny et de Mirebeau, baron
de Blot-l'Église, un des cent gentilshommes du roi, marié d'abord le
1er février 1531 à Françoise de Murol, veuve de Gilbert de Chaslus,
puis en 1544 à Isabeau de Bourbon-Busset, veuve de La Queuille,
furent les auteurs de trois branches.

Du second mariage de Pierre de Chouvigny, auteur de la troisième
branche, dite des Blot-l'Église (1), naquit un fils Claude de Chouvigny,
baron de Blot-l'Église, marié le 10 mai 1576 à Claude de Veny d'Arbouze, veuve de Claude de Saint-Quentin, qui fut élu député de la
noblesse de Basse-Auvergne aux États-Généraux de 1614 (2). Ce
Claude eut à soutenir en 1606 un curieux procès contre son cousin
Gilbert de Chouvigny, baron de Blot-le-Château, chef de la branche
aînée. Celui-ci lui contestait le droit de signer du nom de Blot tout
court sans y ajouter celui de l'Église et de porter les armes pleines de
la famille.

Claude de Chouvigny, défendeur, répliquait que Jean de Chouvigny,
grand-père du plaignant, auquel appartenait le droit de primogéniture, avait répudié la succession de son père Gilbert, et qu'au contraire
Pierre de Chouvigny, père du défendeur, s'était acquis ledit droit
« et tous les avantages dus au premier pour avoir relevé l'honneur
de sa maison en se déclarant héritier pur et simple d'icelle, et en payant

(1) Le château de Blot-l'Église existe encore (alors que celui de Blot-le-Château
est en ruines), mais tellement transformé et défiguré qu'il est très difficile de préciser la date de sa construction : il doit être ancien si l'on peut en juger en voyant
ses grandes fenêtres autrefois divisées par des meneaux, et en apprenant la démo-
lition d'une petite porte étroite terminée en ogive. Les bâtiments du château et
ses dépendances, forment un carré spacieux occupé par la cour d'honneur. Les
tours des angles ont été rasées vers 1835 : une nouvelle tour a été récemment
construite à l'angle sud-est, faisant pendant à une petite tourelle à encorbelle-
ment. Sur cette façade dont les fenêtres ont été élégamment ornées de croix doubles
en pierre, on a ouvert une porte et on a placé sur son linteau, sous une ogive mo-
derne, un grand écusson ancien fort intéressant aux armes bien connues des Chouvigny. L'écu est supporté par deux lions d'une très bonne facture, surmonté d'une
couronne de comte, et entouré du collier de l'ordre de Saint-Michel. Ce dernier
détail et le style de l'écusson nous permettent de l'attribuer à Claude de Chouvigny, fils de Pierre, qui était en effet chevalier de l'Ordre du roi ou de Saint-
Michel, et âgé de 76 ans en 1626. Malheureusement, à la suite de ces divers dépla-
cements, ce joli morceau de sculpture a été mutilé suivant son axe vertical, puis
on a enlevé les parties brisées en les égalisant, et on a rapproché les deux morceaux.
Il en résulte un écusson trop long pour sa largeur, et la suppression dans la partie
centrale de divers motifs du blason, de la couronne et du collier (*Du Broc de
Segange*).

(2) Nous donnons aux *Pièces justificatives*, le texte de son contrat de mariage
et aussi son testament de 1621 suivi d'un codicille daté de 1626. Ces pièces sont
conservées au Château d'Avrilly des Chabanne La Palice.

toutes les charges de la succession au moyen de ses biens et de ceux de ses deux femmes ». Jean de Chouvigny, ajoutait-il, aîné de la famille, ayant gardé un vieux château appelé Blot-le-Château et 200 livres de rente pour ses droits d'aînesse, les trois quarts de la succession étaient advenus à la branche du défendeur qui concluait au maintien du nom et des armes de la maison de Blot en sa faveur.

A son tour, le demandeur faisait observer qu'il possédait le château portant baronnie en toute justice haute, moyenne et basse, et que ce château n'était pas *si vieux ni de si peu de marque* qu'il ne valut presque autant que tout ce que Pierre de Chouvigny avait eu de la maison de Blot. Il ajoutait qu'il n'apparaissait aucune répudiation valable faite avec Claude ou ses prédécesseurs ; que dans le cas où elle aurait été faite le droit d'aînesse passait au seigneur du Vivier, petit-fils d'Antoine de Chouvigny, qui était le deuxième fils de Gilbert et de Catherine Loup de Beauvoir. Par le droit de primogéniture, il devait donc conserver le nom et les armes de sa maison bien que ne possédant pas la majeure partie des biens, et comme il n'avait jamais fait aucun acte dérogeant au lustre de sa maison, il en avait, par conséquent, conservé l'honneur, malgré la prétention du défendeur à cet égard. Feu Pierre de Chouvigny, père de Claude, observait-il encore, s'était toujours qualifié seigneur de Blot-l'Église, et signait *de Blot*, ce qui indiquait qu'il était *parti de la dite maison* et n'était pas Blot purement et simplement.

Claude de Chouvigny, dit M. Du Broc de Segange à qui nous empruntons ces détails, était évidemment dans son tort, il n'avait pu donner d'autre raison pour pervertir l'*ordre de primogéniture* que de posséder la plus grande partie des rentes attachées à la terre de Blot, il semblait donc croire qu'à l'argent était aussi attaché l'honneur, ce qui était loin d'être vrai à cette époque. Finalement par reconvention il demandait que son parent se dit seulement *seigneur du château de Blot* parce qu'il ne possédait de la seigneurie que le château et 200 livres de rente. Sur ce point Gilbert répondait qu'il n'approuvait pas la transaction faite par son père le 12 août 1564, lorsque fut partagée la terre de Blot, parce qu' « il n'avait eu ce qu'il lui fallait de l'assiette de 200 livres de rente selon la coutume du pays, laquelle assiette si elle eust esté justement faicte, eut absorbé plus des deux tiers des biens du défendeur ».

Enfin le 11 avril 1607, Just de Tournon, sénéchal d'Auvergne, devant qui la cause avait été portée, rendit à Riom un arrêt par lequel les deux parties devaient prendre dorénavant les noms, titres et qualités que prenaient leurs pères François et Pierre au partage de 1564, c'est-à-dire que Gilbert prendrait le titre de seigneur et baron de Blot, et Claude celui de seigneur et baron de Blot-l'Église. Les parties pouvaient signer *de Blot*, et Gilbert, demandeur, avait seul le droit de signer *Blot* sans autre adjection. Comme étant l'aîné il gardait les armes pleines de sa famille auxquelles le défendeur Claude devait laisser les *étoiles* ajoutées par son père « si mieux il n'ayme y mettre aultre diversité (1) ».

Claude de Chouvigny eut quatre fils dont *François*, chevalier, seigneur et baron de Blot-l'Église, qui épousa, par contrat du 7 mars 1604, *Marie Olivier de Leuville*, fille de messire Jean Olivier, chevalier, seigneur de Leuville, baron de La Rivière, gentilhomme ordinaire de la Chambre du roi et de dame Suzanne Chabannes de La Palice. Au contrat signèrent comme témoins : Jean Olivier, frère de la mariée, chevalier, seigneur de Leuville, baron de La Rivière, et dame de Laubespine, sa femme (2), Antoine de Villiers, son tuteur, avocat en Parlement, Pierre du Bois, sieur de Fontaine en Touraine, Jean-François de La Guiche, chevalier de Saint-Géran, lieutenant-général pour le Roi au gouvernement du Bourbonnais, Guillaume de Laubespine, chevalier, seigneur de Châteauneuf, conseiller du Roi en ses conseils d'État et privé, Révérend Père en Dieu, François de La Rochefoucauld, évêque de Clermont en Auvergne, et Jacques de La Rochefoucauld, chevalier, seigneur de Chaumont. Les biens qui étaient échus à François de Chouvigny, de ses père et mère devaient être libres de toutes dettes ; ils entraient dans la communauté pour 12.000 livres, le domaine était évalué à la somme de 500 livres de rente. Il recevait, en outre, 4.000 livres de rente à prendre sur les châteaux, terres et seigneuries de Blot et dépendances.

(1) Ce procès semble instructif à plusieurs points de vue. Il montre d'abord que l'aîné de la famille voulait porter le nom de la seigneurie principale plutôt que son nom patronymique. Nous avons même constaté que, si elle se vendait ou se perdait, on en transportait quelquefois le nom sur une autre terre, afin de ne pas changer la qualification du seigneur. D'autre part on ne semblait pas tenir au fief qui avait donné à la famille son nom patronymique, s'il existait encore sans avoir une importance suffisante. Dans le cas particulier que nous présentons, nous pouvons estimer que le nom de Blot, par son origine illustre, était fort apprécié de ceux qui le possédaient. Remarquons encore que le chef de la famille tenait à signer ce nom tout court sans même lui ajouter une particule, et que cette dernière était réservée à la branche puînée pour marquer qu'elle sortait de la branche principale. Jadis on ne recherchait donc point la particule faussement regardée à notre époque comme un signe de noblesse (*Du Broc de Segange, Les Chouvigny de Blot*).

(2) Jean Olivier, baron de La Rivière, sieur de Leuville, gentilhomme ordinaire de la Chambre du Roi, et Madeleine de Laubespine, fille de Guillaume de Laubespine, conseiller du roi, chancelier de la reine douairière de France, et de Marie de La Chastre. Contrat de mariage, passé à Paris à l'Hôtel de la reine « douaire » de France, rue des Bons-Enfants, paroisse de Saint-Eustache, près Saint-Honoré, 31 janvier 1598 (*Archives nat., Insinuations du Chatelet*, Y 143; f. 8). — Guillaume de Laubespine constitue procureur pour insinuer le présent contrat de mariage, 13 mars 1604, Jean Olivier, baron de La Rivière..., 28 mars 1604 (*Arch. nat., id., id.*, f. 9 et 9ᵛ).

De ce mariage naquirent six enfants, dont *Blot*, notre libertin, qui reçut le prénom de *Claude* (1), fut l'aîné ; le second, Jean, entra dans la Compagnie de Jésus ; le troisième François, dit le capitaine Montespedon, fut tué au service du Roi ; le quatrième, César, qui devait continuer la branche de Blot-l'Église, épousa en 1644 Claude de La Fayette (elle mourut en 1646 laissant deux filles qui la suivirent bientôt dans la tombe) et ensuite Anne de Brugier de Rochain dont il eut en 1658 un fils Amable (2) ; le cinquième Gilbert, seigneur de Pouzol, gentilhomme de la chambre du roi, et enfin une fille, Guyonne, qui se maria avec Antoine de La Rochebriant.

La vie de Blot.

I

Nous ignorons tout des premières années de Claude de Chouvigny, seigneur et baron de Blot-l'Église. Il a dû naître en 1605 et faire ses études comme tous les jeunes seigneurs d'alors chez les Jésuites de La Flèche, c'est là qu'il aurait improvisé son premier quatrain :

> Quoy que je ne sois pas porté
> A parler bien dignement du mystère de la Trinité,
> Si faut-il louer l'acte divin
> Qui changêa l'eau en vin.

Cette petite pièce annonçait le libertin cynique qu'il devait être toute sa vie (3). Blot perdit son père vers 1617 — il avait à peine

---

(1) Paulin Paris lui a donné à tort le prénom de César *(Historiettes de Tallemant)*.

(2) Amable épousa en premières noces Françoise de Roux de Pontmort, et en secondes noces, Gasparde de Chouvigny, héritière de la branche aînée. Amable réunit les deux seigneuries de Blot-le-Château et de Blot-l'Église.

(3) Blot est cité dans l'article de Diderot « Épicuréisme » de l'*Encyclopédie* dont on a fait tant d'état en ce qui a trait au XVIIᵉ siècle. Les « écoles d'épicuréisme » de la rue des Tournelles (Ninon de Lenclos), d'Auteuil (Molière), de Neuilly, d'Anet et du Temple, de Sceaux, sont des créations de l'imagination de Diderot ; il a placé dans les unes et dans les autres des hommes qui n'ont jamais pu en faire partie. Dans l'école des Tournelles (1670) il nomme Des Yveteaux qui était mort en 1649, dans celle d'Auteuil qui lui aurait succédé, Blot mort en 1655, Des Barreaux retiré à Châlon-sur-Saône en 1666 et mort gâteux en 1673, etc., etc. La vérité, c'est que Diderot appelle « écoles » de simples salons où se rencontraient croyants, sceptiques et libertins et ces salons n'ont jamais ressemblé ni de près ni de loin à des « écoles ».

douze ans — et ses humanités n'étaient pas terminées au lendemain
de l'ordre d'exil signifié à Théophile de Viau « pour ses vers indignes
d'un chrestien tant en croyance qu'en saletez ». Le moment était peu
propice aux manifestations impies des écervelés de la Cour, admira-
teurs du poète de Boussères, et la période qui allait suivre leur réser-
vait la plus désagréable des surprises. Le parti dévot, ému des progrès
incessants de l'athéisme, réclamait depuis longtemps une sévère
répression ; il décida Garassus à entreprendre une vigoureuse campagne contre le libertinage qu'on estimait personnifié par Théophile.
Le Jésuite réussit à entraîner à sa suite le Procureur général. Mathieu
Molé se décidait, le 11 juillet 1623, à engager des poursuites contre
le chef avéré des libertins ainsi que contre Nicolas Frenicle, Pierre
Berthelot et Guillaume Colletet (1) accusés d'être les auteurs d'un
recueil obscène *Le Parnasse satyrique* dont le contenu était nettement
indiqué dans le sixain suivant, du bon Guillaume, placé en tête :

> *Tout y chevauche, tout y fout,*
> *L'on fout en ce livre par tout,*
> *Afin que le lecteur n'en doute ;*
> *Les odes foutent les sonnets,*
> *Les lignes foutent les feuillets,*
> *Les lettres mêmes s'entrefoutent !*

La *Doctrine curieuse* du Père Garassus publiée un mois après l'arrêt
du 11 juillet donnait à réfléchir aux « Yvrognets ». La transformation
subite et récente de Théophile, de protestant en catholique croyant
et pratiquant, provoquait une certaine stupeur chez ses disciples ;
chacun d'eux cherchait plutôt à éviter le bûcher qui menaçait de brûler
le coryphée des esprits forts, qu'à montrer quelque constance dans
la défense de ses idées. La longueur inusitée du procès du poète (2),
sa condamnation presque inattendue au bannissement atténuèrent
à peine l'impression de terreur qui avait gagné presque tous les athéistes
et les demi-athéistes (3). Le jeune Blot, au sortir du collège, n'y a pas

---

(1) Sur Nicolas Frenicle, Pierre Berthelot et Guillaume Colletet, consulter
Le Libertinage au XVIIe *siècle. Les recueils collectifs de poésies libres et satiriques*
publiés depuis 1600 jusqu'à la mort de Théophile de Viau, 1914.
(2) Voir le *Procès du poète Théophile de Viau, publication intégrale des pièces*
des Archives nationales, Paris, 1909 ; 2 *vol.* in-8.
(3) Un simple fait montrera la crainte qu'avaient les libertins de passer pour
des disciples ou des amis de Théophile : Aussitôt après le premier arrêt de 1623,
condamnant Théophile par contumace, Des Barreaux et sa famille voulurent
effacer toutes traces des relations de l'*Illustre débauché* avec le poète libertin :
Ils firent mutiler les exemplaires restant en librairie de la seconde édition des
Œuvres de Théophile qui contenaient l'ode dans laquelle Des Barreaux rappelait

échappé ; il a mis pendant quelques années une sourdine à des fantaisies irréligieuses susceptibles d'entraîner de dangereuses conséquences. Entra-t-il en qualité de page dans la maison de Gaston d'Orléans dont la haute situation de sa famille lui ouvrait facilement les portes ? N'en fit-il partie, comme c'est probable, que plus tard au titre de gentilhomme ordinaire (1)? On ne sait. Son tour d'esprit gouailleur, satirique, s'attaquant à tout, même aux personnes du rang le plus élevé, ne pouvait que plaire au frère du roi. Ce prince, doté de toutes les séductions de la nature, mais dépourvu de sens moral, parfait élève du comte du Lude (2), sans véritable dignité, entièrement adonné à ses passions et à ses vices, fit bientôt de son gentilhomme ordinaire l'un de ses intimes. Malgré cette faveur, et peut-être à cause d'elle, Blot jugeait son maître à sa juste valeur ; il s'imposa à tel point que, progressivement, ils en vinrent tous deux à se traiter de compère à compagnon. On jugera non seulement de leur familiarité, mais plus encore de leur affinité intellectuelle par la lettre suivante que Gaston écrivit un jour à « son féal » Blot :

« *Nostre féal, j'ay creu, comme homme pieux que je suis devenu depuis peu, estre obligé de vous escrire ces lignes pour vous exhorter à la conversion par l'exemple de Praslin, lequel, ayant toujours mal vescu, s'est converty par un accident bien estrange. C'est qu'estant couché dans un meschant logis près de Guise, la nuit, il luy apparut un homme qui luy tira son rideau, auquel Praslin demanda qui il estoit. Il luy respondit : Je suis Charles Gobelin. Et bien ! Charles Gobelin, soit, laisse-moy dormir, dit Praslin. L'autre luy dit : Prie Dieu. Praslin luy dit : Veux-tu que je prie Dieu pour toy? L'autre luy respondit : Non, car je suis damné. Pras-*

sa visite à Boussères, en la supprimant ou en la réduisant à dix strophes au lieu de vingt ; en 1626, à l'édition sous cette date, ils firent enlever les feuillets préliminaires ; aussi, après 1626, les éditions parisiennes et rouennaises jusqu'à l'édition Scudéry, 1632, etc., ne donnèrent plus que l'ode tronquée de Des Barreaux (voir *Disciples et successeurs de Théophile de Viau : Des Barreaux et Saint-Pavin*, 1911, p. 96).

(1) Blot, nommé page de Gaston et depuis son gentilhomme ordinaire (note du Ms. Potocki). — Chouvigny, baron de Blot, qu'on appeloit dans sa jeunesse Blot-l'Esprit fut présenté par l'abbé de La Rivière à Gaston d'Orléans, il fut d'abord attaché à ce Prince par une charge dans sa maison, et les agrémens de son esprit l'en firent aimer... (Ms. 15 316). Blot ne figure pas sur l'*Etat de la Maison* de Gaston d'Orléans de 1627.

(2) Timoléon de Daillon, comte du Lude, mort en 1644, le premier gouverneur de Gaston d'Orléans. Suivant M. Émile Magne, il insinua dans son esprit l'athéisme et le goût de la débauche. Son second gouverneur, le maréchal d'Ornano, y introduisit l'indiscipline, l'esprit de révolte, l'indécision, la lâcheté (*Voiture et les origines de l'Hôtel de Rambouillet*). — C'est le comte du Lude qui disait dans une débauche où Des Barreaux criailloit : « Oy ! pour la veuve de Théophile, il me semble que vous faites un peu bien du bruit ». (*Tallemant, T. IV, p. 46, Des Barreaux.*)

lin luy dit : J'en suis bien aise. L'autre luy dit : Tu l'es aussy. Et Praslin
luy demanda si l'on brusloit en enfer. L'autre luy dit que non et que l'on
estoit privé seulement de la veuë de Dieu. Sur quoy Praslin luy dit que
s'il n'y avoit que cela, il s'y accoutumeroit bien. Cependant l'esprit se
mit sous sa couverture et commencea à souffler contre Praslin, et Praslin
contre luy, puis il luy tira sa couverture. Sur quoy Praslin appella ses
valets, lesquels venant au secours, un fust tiré par l'esprit par les jambes
à la vache morte dans la cour. Ensuitte de quoy l'esprit battit les palfre-
niers et parut en figure si hydeuse que deux chevaux s'en desbatirent tant
qu'ils en sont morts. Le lendemain, Praslin envoya quérir le curé du vil-
lage, qui luy dit que, depuis trois mois, il s'estoit pendu un nommé Charles
Gobelin dans cette maison, et que, depuis, il y revenoit des rabateurs.
Sur quoy Praslin allast à Nostre Dame de Liesse. Et s'est entièrement
converty. Je vous convie à en faire de mesme. Faictes mes baisemains aux
dames ». Signé « Gaston ». (1)

Notre libertin accompagnait dans toutes ses escapades nocturnes
son maître dont l'esprit était resté un peu page (2) : « On le rencontrait

---

(1) Bibliothèque de l'Institut. Cette lettre, reproduite par Perrens dans ses
Libertins en France au xvii⁰ *siècle,* est égarée, sinon perdue. Nous aurions voulu
en dônner le fac-simile, mais il a été impossible de la retrouver.
   Voici une autre lettre de Gaston d'Orléans à M. de Chavigny (Léon Bouthillier, comte) du 26 mai 1636 qui donne encore une idée assez exacte du personnage, elle a été publiée par M. Émile Magne : «M. de Chavigny, par la grâce de
Dieu, je suis debout hier, je m'aide encore du baston, mais cela ne m'empes-
chera pas de partir d'icy lundy ou mardy au plus tard pour aller rire avec le roy de
ma goute, car par parantaise, je me doute qu'il se moquera un peu de moy selon
la charité ordinaire de ceux qui ont ce bougre de mal-là. Dès que je seray à Paris,
je prétens faire faire une grande consultation pour ne retomber plus dans ce mal-là.
Au reste, je me resjouis que vous soyés devenu un second Moüise, tirant de l'argent
de M. de Bullion qui est plus désiré de ma Maison que l'eau des Israélites. J'ay
desjà conté ce miracle à Mons. de Tours qui l'a trouvé bien grand. Au reste vous
ne m'aviez pas dit que M. de Tours estoit homme de simples et qu'il avoit un
jardin. Il a trouvé le mien fort beau et mesme a pris quelque leçon de moy tou-
chant les fleurs. Mais je ne l'ay pas accoutumé aux propos de Bautru, car il fait
réprimande quand on parle de f....., mais je l'ay mené à la comédie aujourd'huy
dont il faisoit difficulté. Au reste, j'ay une joye infinie de ce que M. le Cardinal
(de Richelieu) me souhaite pour jouer et plus grande de ce qu'il me provoque
à une action vicieuse, moy qui avois fait serment de ne jamais jouer. Je me remets
à vous de luy faire des complimens de ma part et aussy de dire au roy l'impa-
tience que j'ay destre auprès de luy. Voilà mes complimens sérieux. Pour les autres
vous direz à mètre Guillot Résu qu'il est un double et triple vietase de n'avoir pas
envoyé sçavoir de mes nouvelles..... ». — On verra par l'*Etat particulier* (inédit)
de la maison de Gaston de l'année 1646, que nous reproduisons à l'*Appendice,* les
sommes énormes perdues au jeu par le frère du roi.
   (2) « Un jour qu'il vit un de ses pages qui dormoit la bouche ouverte, il luy alla
faire un pet dedans. Ce page demy-endormy, cria « Bougre ! je te ch..... dans la
gueule. » Monsieur avoit passé outre. Il demanda à un valet de chambre nommé
Du Fresne : « Qu'est-ce qu'il dit? — Il dit, Monseigneur, » dit gravement le valet
de chambre « qu'il ch..... dans la gueule de Vostre Altesse Royale » *(Tallemant :*
Historiette de Gaston d'Orléans).

avec sa main dans ses chausses, son chapeau en gloriot et sifflant à son ordinaire (1) ». D'ailleurs il fallait les saillies de celui qu'on appelait déjà Blot l'Esprit, ses chansons ordurières et mordantes pour dissiper la mauvaise humeur de Gaston, assez fréquente à la suite de ses excès. En dehors du cercle de « Monsieur », Blot prenait ses amis un peu partout, le plus souvent à sa ressemblance. Citons au hasard : Charles Coypeau Dassoucy, l'Empereur du burlesque, d'une renommée plus qu'équivoque, qui fut, paraît-il, son professeur de prosodie (2), Chapelle, l'auteur avec Bachaumont du fameux *Voyage*, fils adultérin mais légitimé de François Luillier, « au visage chaffoin et riant comme Rabelais », et de Marie Chanut, Jacques Vallée Des Barreaux, l'Illustre débauché, Miton, trésorier des gardes écossaises, grand joueur s'il en fut, le chevalier de Roquelaure, Coulon, Hotman, etc,

II

Entré trop tard dans la maison de « Monsieur » pour faire partie du fameux « conseil de vauriennerie » que ce dernier avait institué pendant la grossesse de « Madame » (1627) et dont il était le président, le comte de Moret, le *Grand Prieur*, l'abbé de La Rivière, le *Grand monacal*, et Patris, l'un des *Grands vicaires* (3), Blot n'en a pas moins tenu son rôle dans toutes les débauches de la Cour de Blois. La communauté du verre mettait l'amphytrion et les convives : Blot, le chevalier de Rivière, Patris (4), Saint-Hibal (5), Marigny, etc., sur un pied d'égalité il est vrai momentané. En entendant déchirer Richelieu et ses propres amis, Gaston d'Orléans s'étonnait moins des couplets

---

(1) Tallemant, T. VII, p. 120.
(2) D'après la notice de Lefebvre de Saint-Marc sur Chapelle.
(3) Voir *Bernardin* : *Tristan L'Hermite*, 1895, p. 126.
(4) Nous donnons plus loin une notice très succincte sur le chevalier de Rivière et sur Pierre Patris (voir CHANSONS DE DIVERS AUTEURS).
On demandait un jour au chevalier de Rivière ce que les honnêtes gens devaient penser de l'autre monde : « A la vérité, répondit-il, les bruits qui en courent ne laissent pas d'embarrasser. »
Voici le portrait que Nicolas Goulas, intendant de Gaston d'Orléans, trace de Pierre Patris ou Patrix : M. de Patrix avoit aussy l'agrément de nostre maistre et il l'appeloit souvent au petit coucher ; car c'estoit un esprit admirable, de bonne compagnie, gay, fertile en pensées plaisantes ou nouvelles, faisant des vers à merveille, enfin si divertissant qu'il étoit impossible de ne le pas aimer quand il vouloit se communiquer et plaire (*Mémoires*, 1879, T. I, p. 13).
(5) Saint-Hibal, Saint-Thibart, Saint-Hibar, Saint-Tibal (c'est ainsi qu'il signait), n'est autre que Henry d'Escars de Saint-Bonnet, seigneur de Saint-Hibal. C'est lui qui disait à la naissance du fils de Bardouville « qu'il falloit mettre des entraves quand on le baptiseroit, qu'autrement il regimberoit contre l'eau bénite ».

qui le visaient et dont il n'ignorait pas la provenance. Si on veut en avoir une idée, voici quelques vers de Blot à son adresse :

AIR II

De tous les Princes de la terre
Gaston est le plus malheureux :
Ses armes ne sont que de verre,
Ses coups ne sont pas dangereux ;
Il est vaillant comme fidèle,
N'est-ce pas un fort beau modèle (1)?

Couplet.

AIR I

Adieu la Flandre, adieu l'Espagne !
Gaston va se mettre en campagne,
Accompagné de son Pédant (2).
Flandre ! ta ruine est certaine
Par les conseils du confident
Et la valeur du capitiane !

Chanson.

AIR I

Que Gaston prétende à l'Histoire,
Et le Père Gauffre à la Gloire,

---

(1) Var : *N'est-ce pas un parfait modèle* (Ms. 12 666).

(2) Louis Barbier de La Rivière (1595-1670), fils de Antoine Barbier, sieur de La Rivière, commissaire de l'artillerie en Champagne ; régent au collège du Plessis, puis évêque de Cahors ; Pierre Habert, auquel il s'attacha, le présenta à Monsieur ; il devint aumônier de Madame et, plus tard, évêque de Langres. On peut savoir aisément le rôle qu'il joua pendant la Fronde (*Paulin Paris*, éd. des *Historiettes de Tallemant des Réaux*, T. II, p. 98).

La copie du Testament de Louis Barbier de la Rivière, évêque de Langres, se lit dans le registre Y 217, f. 474 des *Insinuations du Chatelet* aux *Archives nat.*, il est daté du 15 janvier 1655. On le trouvera à l'*Appendice*.

Louis Barbier aurait, dit-on, légué une somme de cent écus pour son épitaphe (il n'en est pas question dans le testament ci-dessus). La Monnoye fit cependant la suivante :

Cy gist un très grand personnage	*Qui ne trompa jamais, qui fut toujours fort sage.....*
Qui fut d'un illustre lignage,	*Je n'en dirai pas davantage,*
Qui posséda mille vertus,	*C'est trop mentir pour cent écus.*

D'autres épitaphes ont été composés sur la mort de L. Barbier.

La Rivière au cardinalat,
Que Condé n'ayme que l'inceste (1) !
Pour moy je n'ayme que le plat,
Et me mocque de tout le reste.

L'Histoire avec la Renommée
N'est rien que vent et que fumée ;
Pour la Gloire, je n'y croy pas,
La Pourpre n'est que bagatelle,
Et l'Inceste ne me plaist pas,
Car ma sœur n'est pas assez belle.

Le couplet suivant diffame la *Maison* du Prince *(et (cedi)*

AIR I

Cette Maison est impudique :
Les Pages s'y br...... la pique,
Les Gardes f...... les exempts ;
Pour achever la bougrinière,
On dit que très assurément
Guitaut f... en c.. La Rallière.

Il faut faire ici la part du grossissement voulu, de l'exagération nécessaire pour scandaliser. Ce croquis est, en effet, contraire à la réalité. Nous en avons le témoignage formel de Jean-Jacques Bouchard qui, notant avec soin ses propres turpitudes pour en conserver le souvenir à la postérité plus de cent ans avant Jean-Jacques Rousseau, ne peut être suspecté de masquer la vérité. Parlant dans son *Voyage de Paris à Rome*, 1630 (2) d'un jeune page de Gaston d'Orléans qu'il rencontra à Montargis, il dit :

« ..... qu'il n'y avait rien de plus simple et de plus dévot que ce jeune garçon qui néanmoins avoit été élevé dans une court extrêmement impie et débauchée, surtout pour les garçons ; quoyque ce page lui eut affirmé

(1) Louis II, de Bourbon, prince de Condé, était soupçonné d'aimer la duchesse de Longueville, sa sœur. C'est vraisemblablement une calomnie.

(2) *Les confessions de J.-J. Bouchard, parisien, souvenirs de son voyage de Paris à Rome en 1630*, Paris, Liseux, 1881, p. 88.

Dans son testament du 15 août 1641 (en latin), cet ignoble personnage qui eut cependant d'illustres amis, comme Peiresc, demande cent messes pour le jour même de son décès ; il mourut en 1642. Voilà encore un libertin converti ! — On a encore de Bouchard un *Voyage à Naples* resté inédit dont le manuscrit est à la bibliothèque de l'Ecole des Beaux-Arts.

le contraire disant que monsieur d'Orléans défendoit à ses pages de se.....
leur donnant au reste congé de voir des femmes tant qu'ils voudroient, et
quelquefois mesme venant de nuit heurter à la porte de leur chambre, avec
cinq ou six garses qu'il enfermait avec eux une heure ou deux ... »

Ce simple rapprochement montre la valeur que les historiens doivent
attribuer aux allégations des chansonniers !

Les maîtresses de Gaston ne trouvaient même pas grâce devant
Blot et le frère du roi lui manifestait quelquefois son déplaisir des
vaudevilles qui les raillaient. Blot niait effrontément en être l'auteur
et essayait de jeter les soupçons sur d'autres, mais sans préciser.
Un jour Gaston, désirant en avoir le cœur net, insista « De qui donc
sont ces couplets ?» — les suivants peut-être sur Mme de Ribaudon —
« Ma foy, Monseigneur, » riposta Blot « voulez-vous que je parle naturellement, je crois qu'ils se font tout seuls (1). »

AIR XXXIII

Monsieur dit à la Ribaudon (2) :
« Si tu veux, Belle, nous ferons
Tuton, tuton, tutaine,
Tutu,
Et ton mari cocu,
Et ton, ton, ton
Monsieur Ribaudon,
Tant d'autres le font
Tuton, tuton, tutaine. »

La Belle luy a respondu :
« Vous estes un beau Lanturlu,
Tuton, tuton, tutaine,
Tutu,
Pour le faire cocu,
Et mon, mon, mon
Monsieur Ribaudon,
Tant d'autres le sont
Tuton, tuton, tutaine. »

(1) Pierre Le Gouz, supplément au *Menagiana*.
(2) Madame de Ribaudon, native de Tours, en son nom de La Roche, était maistresse de Gaston d'Orléans ; elle en eut un fils qui fut reconnu et qui a passé en
Espagne, sous le nom de Charni à la paix des Pyrénées. Il est grand-père du comte
de Charni, à présent lieutenant général en Espagne (Ms. 12.666). — D'après Tallemant, Marie de Bragelonne était fille de Jérôme de Bragelonne, doyen de la Cour

A la suite du demi-aveu de Blot, Gaston lui fit notifier de ne plus paraître devant lui. Notre libertin qui relevait d'une sérieuse indisposition apprit, presque aussitôt, qu'un de ses amis ayant parlé de sa convalescence à Gaston en ces termes : « Vous avez pensé perdre un de vos serviteurs », ce dernier lui avait répondu : « Oui, un bien fichu serviteur ». Cette boutade eut le don de mettre Blot en belle humeur, il riposta tout de suite :

> Son Altesse me congédie,
> C'est le prix de l'avoir servie ;
> Depuis dix ans j'ay cet honneur.
> Nous devons tous deux nous connaistre.
> S'il perd un foutu serviteur,
> Ma foy ! je perds un foutu maistre (1).

puis, craignant d'avoir été trop loin, il en adoucit un peu le ton :

AIR XVIII

> Si Monsieur ne veut plus me voir,
> Si ma présence l'importune,
> Je n'en suis pas au désespoir,
> Je n'y fay pas si grand fortune.
> Ah ! le voilà, ah ! le voicy,
> Celuy qui n'en prend nul soucy.
>
> Je ne suis point un affronteur,
> Je ne suis ny fourbe ny traistre ;
> S'il perd un fichu serviteur,
> Je perds aussy un fichu maistre.
> Ah ! le voilà, ah ! le voicy,
> Celuy qui n'en a nul soucy.

Ces couplets furent rapportés à Gaston. Bien loin de s'en fâcher, il en plaisanta et convia Blot à une orgie au château de Blois où on les chanta plus de cent fois. Entre la rupture et la réconciliation Blot ayant réfléchi avait traduit son anxiété dans ce quatrain :

---

des Aides, mort en 1658 ; elle épousa M. de Ribaudon, trésorier de France à Soissons. C'était une femme délicate, dont on parla alors beaucoup, et qui mourut à l'âge de vingt-cinq ans. Scarron la cite dans sa *Légende de Bourbon*, 1642, et d'autres vaudevilles, non moins piquants, furent encore faits sur elle.

(1) « Blot fit ce couplet sur ce que Gaston lui envoya dire de ne plus paraître devant lui, mais Monsieur le rappela. » (Ms 12 666).

Veux-tu sçavoir qui cause ma tristesse,
C'est que je n'ay ny feu ny lieu,
Je suis un Diable abandonné de Dieu,
Et maltraité de maistre et de maistresse (1).

Les incartades de Blot n'étaient pas toujours sans conséquences :
L'une d'entre elles avait failli coûter la vie à Voiture. On sait que le
poète de l'Hôtel de Rambouillet était aussi attaché à la maison de
Gaston d'Orléans. Ce dernier lui avait demandé, après la défaite de
Castelnaudary (1er septembre 1632), d'accompagner en Espagne
M. de Fargis chargé de faire des ouvertures au comte d'Olivarès,
mission toute de confiance et qui, d'ailleurs, devait échouer. Voiture,
n'osant pas s'exposer à traverser la France pour rejoindre Gaston à
Bruxelles, s'embarqua à Lisbonne et la fantaisie lui prit de visiter le
Maroc ; il alla seulement jusqu'à Ceuta. Quand Louis XIII eut par-
donné à son frère, celui-ci, de retour en France, reprit sa vie accou-
tumée. Un jour Voiture entra dans une salle où Gaston festoyait
avec plusieurs de ses officiers. Blot l'invita à boire. Sur son refus, il
lui jeta un verre à la tête ; Voiture effrayé s'enfuit. On le poursuivit
en riant ; mais un valet de pied, étourdiment, croyant qu'il avait
manqué de respect à son Altesse royale, voulut lui passer son épée
au travers du corps. Heureusement Voiture évita le coup. Blot se
tira de ce mauvais pas en fredonnant :

AIR XVIII

Quoy ! Voiture, tu dégénère,
Sors d'icy, mangrebieu de toi (2),
Tu ne vaudras jamais ton père (3) :
Tu ne vends de vin ny n'en bois.

Avant 1644 Blot avait cessé de faire partie de la Maison du Prince,
sans pour cela que ses relations avec Gaston fussent devenues moins
suivies. Son nom ne figure plus sur les *Etats de paiement de ses officiers
domestiques* de 1644 et 1647 (4). En 1640 il touchait, en dehors des

(1) Ms. Feydeau de Brou.
(2) Var. : *Retire-toy, si tu m'en crois.*
(3) Le père de Voiture était marchand de vins, lait et autres comestibles à
Amiens, rue Saint-Germain à l'enseigne du *Chapeau de roses*, il fut marguillier de
l'église Saint-Germain et échevin de la Ville (voir *Emile Magne : Voiture et les
origines de l'Hôtel de Rambouillet*, 1911).
(4) Blot ne figure pas, en effet, sur l'État de la fin de l'année 1644 ni sur
celui, particulier, de 1647.

1.000 livres tournois des gentilshommes servants, une pension de
3.000 livres (1). Son caractère indépendant ne lui permettait guère de
supporter patiemment la moindre contrainte et, avec l'âge, il était
devenu de plus en plus caustique. Blot entendait avoir son franc-
parler, en user, en abuser, sans tenir compte des conséquences. Les
caprices, les bouderies de Gaston le laissaient froid, il ne craignait
plus les suites de ses colères, il se savait indispensable. Le frère du
roi estimait que l'arme terriblement meurtrière que maniait Blot
avec une maestria sans pareille le vengeait de ses ennemis qui étaient
aussi, le plus souvent il est vrai, ceux du chansonnier. Il tenait à
être au premier rang pour les voir frapper cruellement d'autant qu'il
ne se faisait pas faute de les lui désigner. Ce plaisir, Gaston le payait,
à son tour, de quelques froissements d'amour-propre, mais il était
assez philosophe pour se rappeler qu'il n'y a pas de joie sans peine.

III

Blot, nous l'avons dit, avait perdu son père vers 1617 et celui-ci
lui avait légué par préciput le quart de ses biens ; son grand-père
Claude confirmait le 15 mars 1621 « les donations, avantages et libéralités qu'il avait faits précédemment en faveur des enfants de François de Chouvigny, son fils aîné », ajoutant « qu'il nommait lesdits
enfants ses héritiers sans qu'ils puissent rien prétendre sur les autres
biens qu'il aurait au jour de son décès (1626) (2) », sa mère qui avait
rendu ses comptes de tutelle le 31 mars 1620 mourut en 1624 et son

---

(1) « A messire Claude de Chouvigny, seigneur de Blot-l'Église, l'un des gentilshommes servans de monseigneur le duc d'Orléans et son pensionnaire, la somme
de 3.000 livres tournois à luy ordonnée par ledit seigneur par l'estat au vray et
particulier cy-devant datté et rendu par ordonnance de mondit seigneur le duc
d'Orléans signé Gaston et plus bas Goullas, du visa du seigneur de Villemareuil,
surintendant des finances de mon dit seigneur le duc d'Orléans, en datte du XIIII
octobre 1640 pour la pension qu'il plaist à mondit seigneur lui donner durant
la dite année de ce dit présent compte ainsy qu'il est contenu et déclaré par ladite
ordonnance par vertu de laquelle payement a esté faict comptant par ledit présent
trésorier-général et comptable, fait audit de Blot de ladite somme de 3.000 livres
ainsi que dudit payement il appert par la quittance signée de sa main passée
par devant notaires le XXVIII octobre 1640 cy rendue avecques ladite ordonnance
pour ce en despense ladite somme de 3.000 livres. » (*Arch. nat., kk* 275, f. 1.357ᵛ).
    Le premier gentilhomme servant recevait 1.800 livres, les autres 1.000 livres,
les gentilshommes ordinaires 1.800 livres (*État de* 1644). Blot avait hérité de son
père en 1618 et de sa mère morte en 1624. Le partage des biens de la famille est
détaillé dans un acte de 1639.
    (2) Nous publions aux *Pièces justificatives* son testament du 15 mars 1621,
avec codicille du 23 octobre 1626.

frère Jean, entré dans la Compagnie de Jésus, en 1626. Enfin le 16 septembre 1639 Blot procédait, d'un commun accord avec ses frères, au partage des biens paternels et maternels : il emportait d'abord le quart de l'actif total de la succession et un quart du restant dont les trois autres étaient recueillis par François, César et Gilbert (1). Entré ainsi en possession de toute sa part de la fortune familiale, Blot donna libre carrière à toutes ses médisances ou à ses calomnies (2), surtout quand la mort de Richelieu et la régence d'Anne d'Autriche l'eurent libéré de toute crainte de représailles.

Il commença par se venger du Grand ministre qui lui avait presque fermé la bouche depuis douze ans :

AIR III

Le Cardinal est mort, je vous assure,
Oh ! le grand mal pour la race future !
Mais
La présente, je vous jure,
Ne s'en faschera jamais.

Il a vescu d'une vie non commune,
Qui l'a quitté plus tost que la fortune ;
Mais
Que deviendra sa pécune,
Nous ne la verrons jamais.

S'il eust vescu, Gaston de haut mérite,
Nous eussions veu renverser la marmite (3);
Mais
Donnons-luy de l'eau bénite,
Et qu'on n'en parle jamais.

(1) *Pièces justificatives :* Partage des biens de leur père et mère entre Claude, François, César et Gilbert de Chovigny.
(2) Scarron fait allusion à la verve de Blot dans sa *Légende de Bourbon,* 1642 ; voici le texte du Rec. Maurepas, T. XXI, p. 416, et des imprimés :

Belot dont la féconde veine	*Belot dont la féconde veine*
Enfante mille vers sans peine,	*Enfante mille vers sans peine,*
Et plus souvent sur le champ,	*Homme sage, à l'esprit pointu,*
Dont enrage Monsieur Clinchamp...	*Inimitable en l'impromptu...*

Suivant M. Weiss *(Biographie Michaud)* « Lancelot, de l'Acad. des Inscriptions, possédait un ms. contenant les poésies attribuées à Blot ».
(3) Var. : *Pardonnez-lui, Gaston de haut mérite* ‖ *Il s'en alloit renverser la marmite.*

Puis ce fut le tour de la Reine et de Mazarin. Blot les vilipende, les salit, les outrage avec une prolixité féroce. Il est impossible d'aller plus loin ; l'odieux chez lui le dispute à l'obscène. Passe encore pour Mazarin, un étranger, même quand il conseille de l'arquebuser :

AIR I

Gaston, à la fin je me lasse
De tant recommencer la chasse
Après m'avoir dit : « Je le tiens ! »
Puis que sans cesse il tourne et ruze,
Au lieu de fatiguer nos chiens (1)
Je suis d'avis qu'on l'arquebuze.

mais à l'égard d'une femme, d'Anne d'Autriche, la mère du jeune Roi :

Sçavez-vous bien la différence
Qu'il y a de son Éminence
A feu monsieur le Cardinal (2)?
La response en est toute prête :
L'un conduisoit son animal,
Et l'autre monte sur sa beste.

la conduite de Blot est sans excuse, ce couplet fait en 1643 est cependant anodin à côté de tant d'autres !

Il ignore la pitié. Le neveu de Mazarin, le jeune Mancini est tué à la bataille du faubourg Saint-Antoine (1er juillet 1652), Blot saisit là une occasion de meurtrir le Cardinal dans ses affections les plus chères avec la seule intention de renouveler une accusation ignoble et cent fois ressassée :

AIR XXVII

Cy-gist le petit Mancini,
Le neveu de Mazarini !
L'oncle en pleure comme une vache
S'escriant : « *Hélas ! quel malheur* (3) *!*
Il m'estoit neveu et bardache,
Et je l'aurois mis en faveur. »

(1) Var. *Pour ne pas fatiguer nos chiens.*
(2) Id. *Mon Dieu ! la grande différence* || *Que l'on voit en son Eminence* ||
D'avec le défunt.....
(3) Id. *Il s'escrie : « Hélas ! quel malheur.*

> Le bougre s'adressant au Roy
> Luy dit : « *Sire, hélas ! plaignez-moy ;*
> *Avec grand raison je me fasche :*
> *Il fut aux coups sans mon aveu ;*
> *Il m'estoit neveu et bardache,*
> *Il m'estoit bardache et neveu.*
>
> *» Il estoit beau, il estoit doux,*
> *Et je l'avois dressé pour vous* (1).
> *O la pitoyable avanture !*
> *Je l'aymois cordialement*
> *Selon les lois de la nature,*
> *Et je le f...... autrement.* »

Vraiment Mazarin ne connaissait pas la haine ! S'il avait voulu se venger, il aurait trouvé le moyen de se débarrasser de Blot. Il eut si peu la pensée de recourir à cette extrémité qu'il dépêcha à son ennemi le chevalier d'Aubeterre, dans l'espérance, sinon de le détacher de Gaston d'Orléans, tout au moins de le neutraliser par l'offre d'une pension et en y ajoutant ce commentaire « que cela ne lui tiendrait lieu de rien ». Blot accepta la pension. Comme Mazarin oubliait de la payer, notre libertin adressa ce couplet à Aubeterre :

AIR XVII

> Chevalier, je bois à ton maistre
> Et c'est par obligation ;
> Car pour te le faire connaistre,
> C'est qu'il m'a donné pension.
> La chose ne fut point frivole ;
> Il m'a bien tenu sa parole,
> Car le Jean-foutre me dit bien :
> « Cela ne tiendra lieu de rien. »

Le Cardinal s'empressa de tenir sa promesse !

IV

Il n'y a pas un petit événement de cour qui n'ait été l'objet de la satire souvent spirituelle, et toujours piquante de Blot. Il est aussi

---

(1) Var. : *Sire, je vous l'avois nourry* ‖ *Pour estre vostre favory.*

médisant pour les demoiselles d'honneur d'Anne d'Autriche que pour les futures reines : Mlle de Toussy, fille de Louis de Prie, marquis de Toussy — vingt ans à peine — avait été distinguée par le duc d'Enghien, le vainqueur de Rocroy :

AIR VIII

Belle Toussy, ton esprit dissimule
Le noir soucy qui cause ta langueur ;
Dy-nous le secret de ton cœur
Et si ton Prince a la force d'Hercule (1)
Comme il en a la gloire et la valeur ?

Que vaut cette insinuation? Elle n'empêcha pas mademoiselle de Toussy d'épouser, le 22 novembre 1650, Philippe de La Mothe-Houdancourt, maréchal de France.

Louise-Marie de Gonzague, duchesse de Mantoue, ayant oublié depuis longtemps le beau Cinq-Mars, conspirateur pour l'amour d'elle, décapité à Lyon sur la place des Terreaux le 22 septembre 1642 (2), s'était décidée à accepter le trône de Pologne. Blot, s'il ne réveille pas le passé, se montre tout à fait irrévérencieux dans le portrait qu'il trace de Ladislas :

AIR XI

C'est la princesse Louise (3)
Qui va coucher sans chemise
Dans les inutiles bras
D'un Monarque à barbe grise
Dont le lit n'a point de draps.

C'est sa trop maligne estoile
Qui la mène à pleine voile

(1) Allusion à ce que le Grand Condé passait pour être plus vaillant sous la bannière de Mars que sous celle de Vénus.

(2) Cinq-Mars n'avait conspiré contre Richelieu que par dépit amoureux sur le refus de ce dernier de ne pas s'opposer à son mariage avec Marie de Mantoue.

(3) Louise-Marie de Gonzague, fille de Charles de Gonzague, duc de Nevers, puis de Mantoue, et de Catherine de Lorraine, mariée par procureur avec Ladislas, roi de Pologne, à Paris, dans la chapelle du Palais-Royal, le 6 novembre 1645. Ladislas s'appelait Sigismond IVe du nom; elle fut couronnée à Cracovie le 16 juillet 1646 et remariée par dispense d'Innocent X avec Jean Casimir, frère de Ladislas, le 30 mai 1649. Celui-ci la quitta pour se faire abbé de Saint-Germain des Prés. Elle mourut à Varsovie le 10 mai 1667.

> Dans un païs de glaçons,
> Où l'on n'aura point de toile
> Pour luy faire des chaussons.

> Elle s'en va ceste Reyne ;
> Mais on dit qu'elle est en peine,
> Et qu'on l'entend souspirer
> En songeant à la bedaine
> Du Roy qui doit l'espouser.

Rarement le favori de Gaston est aimable, c'est une exception que ce couplet à Henri de Lorraine, comte d'Harcourt, le *cadet à la perle*, le membre de la *Confrérie des monosyllabes*, l'ami de Saint-Amant :

> Amis, buvons à tasse pleine
> Au brave cadet de Lorraine
> Qui vaut bien mieux que le premier.
> Morbleu, je vous le dis à table :
> C'est trop peu de Grand Escuyer,
> Je voudrois qu'il fut Connestable (1).

Nous pourrions multiplier ces citations, mais dans une note bien différente !

V

Blot ne s'est pas borné à persiffler ses contemporains, à railler son maître Gaston d'Orléans, à traîner dans la boue la Reine et Mazarin, il a semé dans ses chansons ses théories libertines, se moquant en passant des livres saints, de l'Église, du Pape, niant l'immortalité de l'âme, le Paradis « et ses merveilles », etc., et cela sans la moindre périphrase. Ses attaques et ses négations sont brutales et accompagnées de plaisanteries souvent obscènes. Si on rapproche les vers incriminés au procès de Théophile de Viau (2) de ceux de Blot, les premiers apparaîtront comme des peccadilles indignes de fixer l'attention.

Suivant Blot, les religions sont sans importance ; quant à lui, il n'en connaît qu'une, celle du plaisir tel qu'il le comprend : *boire et f*.....

---

(1) Dans d'autres couplets, le comte d'Harcourt est cruellement maltraité.
(2) Dans le T. II du *Procès de Théophile*, nous avons reproduit les pièces de ce poète visées dans les interrogatoires en imprimant en italique les vers incriminés.

Cette formule plus concise rappelle celle de Des Barreaux : *Estudions nous plus à jouir qu'à connoistre* (1), il aurait pu prendre d'ailleurs la devise de ce prince des libertins du xviie siècle : *Tartara non metuens, non assectatus Olympum (Sans crainte de l'Enfer et sans souci du Ciel)* :

AIR II

Qu'importe que tu sois papiste,
Calviniste ou luthérien,
Mahométan, anabaptiste (2)
Ou de la secte de ton chien.
Boy, f...., et n'offense personne :
Ta religion est fort bonne (3).

Il ne croit pas à la Genèse :

Messieurs, encore un mot
Avant que je me taise :
Je ne suis pas sy sot
De croire à la Genèse.

La vie est une vallée de misère, et tout finit pour l'être après la mort :

AIR I

Ce monde icy n'est que misère,
Et l'autre n'est qu'une chimère.
Bienheureux qui f... et qui boit !
J'y vivray tousjours de la sorte,
Priant le bon Dieu qu'ainsi soit
Jusqu'à ce qu'un Diable m'emporte.

Enfin, voici sa profession de foi, elle est celle d'un franc athéiste qui tient à le proclamer :

AIR I

Amis, ma tristesse est profonde,
Je ne croy point à l'autre monde,

(1) Sonnet : *Mortels, qui vous croyez quand vous venez à naistre;* et aussi le sonnet qui paraphrase celui de Des Yveteaux : *N'estre ni magistrat...*
(2) Var. : *Zwinglien, Anabaptiste.*
(3) Id. : *Bois, f..., ne fais tort à personne* ‖ . ‖ *Et ta créance sera bonne* (Ms. 12 766).

Et celuy-cy ne m'est plus doux.
Enfin, pour vous le faire entendre (1),
Si je buvois comme je f....,
Par la morbleu, je m'irois pendre.

Je dis : Fy de ces faces blesmes,
De tous ces prescheurs de Caresmes
Qui censurent nos actions !
Si c'est péché que f..... et boire,
Je veux pour ces deux passions
Brusler cent ans en Purgatoire.

Je ne veux ny turban ny chappe,
Je ne croy ny Mufty ny Pape,
Par la sang bleu, je suis fort net :
Je ne suis dervis ny apostre,
Mets un signe à ton cabinet
Que je ne croy ny l'un ny l'autre.

VI

Jamais Blot n'eut la pensée de prendre femme, de continuer son nom et sa race, et son genre de vie devait avoir raison de la santé la plus robuste, il a, certes, écourté ses jours. D'autre part, en présence d'une situation politique redevenue normale, sa verve ne pouvait plus s'exercer sans risques sérieux, et il se refusait à en courir ; aussi ne tarda-t-elle pas à s'éteindre. L'année 1654 et le commencement de 1655 ont dû lui paraître tant soit peu moroses. Il meurt chez Gaston, à Blois, au début de mars 1655, laissant comme héritiers ses frères César et Gilbert de Chouvigny (2). Loret lui consacre dans la *Muse historique* du samedi 13 mars, dix-huit vers, presque une oraison funèbre :

Blot, Serviteur dudit Gaston,
A senty l'éfort de Cloton,
Qui par un procédé barbare
N'épargne non plus l'homme rare
Que le moindre courtaut, qui n'est,
Le plus souvent, qu'un gros benest.
Je ne sçay s'il est dans la gloire,

(1) Var. : *Pour vous le faire mieux comprendre.*
(2) Acte du 24 mars 1655.

Les Limbes, ou le Purgatoire
(Il vaut mieux juger bien que mal) ;
Mais si pour être jovial,
D'un cœur vigoureux, franc et brave,
D'une humeur libre et non esclave,
De bon sens et d'esprit pointu,
Et faire des Vers in promptu,
On acquiert un rang honorable
Dans le Royaume perdurable,
Je voy bien des Gens, aujourd'hùy,
Qui seroient au-dessous de luy.

Scarron, dans le numéro de ses *Epttres burlesques* (1) de la même date, est moins élogieux ; il n'insiste que sur son esprit :

De Blot est mort, cet esprit rare.
Il seroit d'âme bien barbare
Celuy qui ne pleureroit pas
Un si déplorable trespas.
Si ce n'est que tout brancart tombe,
J'irois escrire sur sa tombe :
Icy gist le pauvre de Blot
Qui fust l'Antipode du sot.

Les deux gazetiers se taisent sur la nature de la maladie à laquelle il succomba ; en tout cas, elle fut de courte durée. Le souhait formé par Blot en bonne santé s'est-il réalisé?

Je ne demande au Seigneur (2),
    Pour bonheur,
Que d'estre buveur, fouteur,
Incrédule et sodomite,
    Puis mourir *(bis),*
Puis mourir de mort subite !

---

(1) Les *Épttres burlesques* de Scarron et d'autres autheurs paraissaient à peu près régulièrement chaque semaine, il y en a 15 de Scarron sur 32 de l'année 1655 ; leur éditeur Lesselin en reprit la publication, après un intervalle de huit mois, de 1656 à 1658 sous le titre de *Muse de la Cour* (voir *Les œuvres libertines de Claude Le Petit,* Paris, 1918, notice, p. xxii et suivantes). — La *Muse de la Cour* est une gazette rarissime, on n'en connait que trois exemplaires incomplets, le premier est à la Bibl. nationale, le deuxième à Wolfenbuttel, le troisième dans une colléction particulière.

(2) Ce texte est celui du Ms. Potocki, T. I, p. 512, voici une variante d'autres Ms :

Je prie souvent le Seigneur | D'estre ivrogne et sodomite
        De bon cœur | Et mourir de mort subite.

C'est peu probable. Si on en croit Chapelle et Bachaumont, Jean Coulon, que Blot avait si cruellement chansonné, aurait raconté aux deux amis les derniers moments du gentilhomme de Gaston d'Orléans :

> Ce que fit en mourant nostre pauvre amy Blot,
> Et ses moindres discours et sa moindre pensée,
> La douleur nous deffend d'en dire plus d'un mot ;
> Il fit tout ce qu'il fit d'une âme bien sensée (1).

Ces vers, sous la plume de Chapelle ou sous celle de Bachaumont, ne sont guère énigmatiques ; ils corroborent son épitaphe composée par le spirituel bossu Saint-Pavin — il connaissait Blot mieux que personne — :

> Cy gist un docteur non commun
> Qui, peu sçavant et fort habile,
> Prescha souvent, jamais à jeun,
> Et comprit tout, hors l'Evangile.
> En homme sage et bien sensé,
> Du présent il a dit merveille ;
> Du futur ce qu'il a pensé
> Ne s'est resvelé qu'à l'oreille ;
> Mais chascun tient pour vérité
> Que jamais il n'en a douté.

et qui, mieux renseigné, la compléta :

> Damon n'est plus. Qu'il eut de charmes,
> Que son esprit fut éclairé !
> Après qu'il eut veu son curé,
> Il mourut ferme et sans alarmes ;
> On fait preuve de sa vertu
> Quand on meurt comme on a vécu.

Des Barreaux, plus égoïste, a pleuré moins sur son ami que sur son propre sort, commun hélas ! à tous les humains :

> Ce Sarazin est mort, il est mort ce Voiture,
> Et Blot qui me fut cher de toute ancienneté.
> Hélas ! ils sont tous trois dedans la sépulture,
> Qui pourroit t'éviter, dure nécessité ?

(1) *Voyage d'Encausse faict par Messieurs Chappelle et Bachaumont*, édition *Maurice Souriau*, 1901, p. 72.

Je louë le Seigneur, moy, pauvre créature;
J'ay plus reçu de luy que je n'ay mérité,
Car je jouis encor des plaisirs de nature
Avec indépendance et pleine liberté.

J'ay tousjours assez eu le goust des bonnes choses,
J'ayme à voir le Soleil et l'incarnat des roses;
J'ay bien de la douleur qu'il me faille périr.

Mais quoy? ma mort estant d'indolence suivie,
Je suis fort naturel, je ne veux point mourir;
Mais je compte pour rien d'avoir perdu la vie.

Blot, comme Des Barreaux et Saint-Pavin, a gâché sa vie. Il a été, nous le répétons à dessein en terminant, la victime de l'atmosphère libertine qu'il a respirée pendant son adolescence et du milieu dans lequel il a vécu ; peut-être qu'avec un autre maître que Gaston d'Orléans, il eut été mieux qu'un vulgaire et spirituel viveur. C'est peu cet éloge de Madame de Sévigné et c'est le seul qui convienne aux couplets de Blot : « Ils ont le diable au corps et c'est dommage qu'il y ait tant d'esprit. » (1)

F. L.

---

(1) Lettre à madame de Grignan du 1er mai 1671.

PIÈCES JUSTIFICATIVES

———

I. Contrat de mariage de Claude de Chouvigny (grand-père de Blot) et de Claude de Veny (10 mai 1576).

II. Contrat de mariage de François de Chouvigny (père de Blot) avec Marie Olivier de Leuville (7 mars 1604).

III. Testament de Claude de Chouvigny (grand-père de Blot) du 15 mars 1621 avec codicille du 23 octobre 1626.

IV. Partage des biens de leur père et mère entre Claude le libertin, François, César et Gilbert de Chouvigny (16 septembre 1639).

I. CONTRAT DE MARIAGE DE CLAUDE DE CHOUVIGNY ET DE CLAUDE DE VENY (10 mai 1576).

Furent présantz en leurs personnes, noble Claude de Chouvigny, seigneur de Blot-l'Église, pour luy et les siens, d'une part, et damoizelle Claude de Veyny, veufve de feu Claude de Saint-Quentin, seigneur dudit lieu et de Beaufort, pour elle et les siens à perpétuel, d'autre partye, lesquelles partyes de leur bon gré, pure, franche et libéralle vollonté ont cogneu et confessé, congnoissent et confessent avoir traicté par ladvys de leurs parens et amys mariage, et par ses présentes ledit Seigneur de Blot et la dite damoizelle de Veygny, en faveur et contemplation duquel mariage la dite damoizelle Claude de Veyny a constitué et constitue en doct audict de Chouvigny, seigneur de Blot, la somme de treize mil livres à elle deue sur les biens dudit feu de Sainct-Quentin suyvant la constitution de doct qui luy a esté faicte et pour elle audit seigneur de Saint-Quentin, par feu messire Michel de Veyny, chevallier, seigneur d'Arbouze, Villemonte, Fernovel et Mirabet et premier maistre d'hostel de mon seigneur le duc d'Anjou, frère du Roy, et par feu noble Gilbert de Marilhac, seigneur de Sainct-Genetz, ses père et ayeul maternel pour la seureté de laquelle somme de treize mil livres y ayt enffans ou non ledit seigneur de Blot a obligé et ypothéqué tous et chascuns ses biens et spéciallement la proprietté de ladite seigneurie de Blot-l'ezglise, ses dépendances et appartenances avec les fruictz d'icelle seigneurie exeddans le douhaire sy après convenu pour jouir du tout par la dite damoizelle et les siens le cas de restitution advenant jusques que sadite doct sera allouée sans restitution et sans diminution d'icelle, laquelle doct ou ce que d'icelle sera receu par ledit seigneur de Blot ou ses héritiers seront tenus rendre et restituer à la dite damoizelle Claude de Veyny survivante dans cinq ans après le cas de restitution advenu, auquel cas de ladite restitution et de survye de la dite damoizelle le dit seigneur de Blot, à faulte du dit payement dans le dit temps et icelluy passé dès à présent comme dès lors, a vandu et vand par ses présentes à la dite damoizelle et ès siens à perpétuité ladite terre et seigneurye de Blot-l'Ézglise, chasteau, maison, justice haulte, moyenne et basse, fiefz et rièrefiefz, leurs droictz, debvoirs, revenus, deppendances et appartenances d'iceux jusques à concurrance et juste valleur de ce que ledit seigneur de Blot se trouvera avoir reçeu tant de la doct de ladite damoizelle que des biens paraphernaux dont sera cy-après parlé et sellon l'estimation qui sera faicte par commungs amys et parens desdites partyes et de ladite seigneurie jusques à ladite valleur et concurrance au deffault dudit payement et le dit seigneur de Blot a fait et constitué ladite damoizelle de Veyny, et les siens vrays seigneurs, utilz propriétaires et possesseurs pour en jouir comme de leur propre choze

de la dite terre et seigneurie jusques à ladite concurrance ledit de Chouvigny a promis garentir et deffandre à la dite damoizelle et ès siens
envers tous et contre tous de tous troubles et empeschementz en jugement et dehors et ou ladite terre et seigneurie de Blot-l'Ezglise ne seroit
suffizante pour ladite restitution de ladite doct, biens paraphernaux
et payement dudit douhaire ladite damoizelle pourra recourir sur les
autres biens dudit seigneur de Blot de proche en proche de ladite seigneurie de Blot-l'Ezglise jusques à concurrance de sa dicte doct, douaire
et biens paraphernaux, et en faveur dudit prézant mariage ledit de
Chouvigny a donné à ladite damoizelle de Veyny prezante et recepvante
pour douaire viager son chastel et manoir de Blot-l'Ezglise en justice
haulte, moyenne et basse, avec troys cens livres de revenu annuel de
proche en proche tant qu'elle demeurera en viduité et sy elle convolle
en secondes nopces elle n'aura ledit chastel ains seullement la somme de
deux cens livres de revenu annuel qui sera arbittré et liquidé au dict
des dits commungs parens, sera tenu ledit sieur de Blot de enjoyaller
ladite damoizelle Claude de Veyny jusques à la somme de cinq cens
escus qui appartiendront à la dite damoizelle y ait enffans ou non en
cas de survye, ensemble ses robbes, bagues et joyaulx s'il s'en trouve
saizie de plus grande valleur, et au cas contraire que ledit sieur de Blot
survive ladite damoizelle y ayt enffans aussy ou non il gaignera lesdites
bagues et joyaulx en payant les fraictz funereux suivant la coustume
du pays d'Auvergne et sellon qu'il appartiendra et audit cas que le
dit seigneur de Blot survive ladite damoiselle de Veyny sans enffans
dudit présent mariage, ne sera tenu que après son decepz ou ung an
après qu'il aura convollé en segondes nopces ou il viendroit à se remarier
de rendre et restituer es hoirs et hérittiers de ladite damoizelle de rendre
ce qu'il aura reçeu de la doct de ladite damoizelle ce qu'il aura reçeu
de sa doct et biens d'icelle fors et réservé les sommes qu'elle ordonne
sy après estre bailhées et doctées : à Gilbert, Michel, Annet, Pierre et
Gilberte de Sainct-Quentin ses enffans et dudit feu Sieur de Sainct-
Quentin et de Beaufort desquelles lesquelles sommes audict cas de survye y ait enffans ou non dudit présent mariage sera tenu payer ès dits
Nobles Gilbert, Michel, Annet, Pierre et Gilberte de Sainct-Quentin
et à ungs chacuns deux ung an après le decepz de ladite damoizelle,
leur mère, et le dit temps passé et advenu de ladite restitution et payement audit cas de survye dudit sieur de Blot, à ladicte damoizelle les
hoirs et héritiers d'icelle au défault dudit payement pourront s'ayder
des contenances, accordz et contrainctes du présent contract tant
contre ledit sieur de Blot que ses hérittiers et tous autres qu'il appartiendra et en considération de ce que dessus ledit de Chouvigny a associé
et associe ladite damoizelle Claude de Veyny en tous biens, meubles,
affaires et conquestz immeubles qui se feront pendant ledit présent
mariage, lesditz de Chouvigny et de Veyny se sont assotiés et assotient
en telle manière que après le decepz de l'ung desditz mariés le survivant aura la moittyé des biens de la Communauté et les hérittiers
l'autre et desditz biens chacuns d'eux respectivement pour sa moittyé

seront saisis et en possession saufz touttesfois que ladite damoizelle
survivante pourra dans troys moys après le décepz dudit sieur de Blot
ou que le decepz sera venu à sa notesse et coynoissance avoir recours
à la dite Communaulté en jugement ou hors jugement par devant notaire
et tesmoings et ce faisant ne pourra estre tenue à aulcungs debtes ou
aultre choze de ladite communaulté et pourra recouvrer tous et chacuns ses biens et droictz et sous aulcune diminution d'iceulx et ladite
communaulté de meubles et conquetz immeubles a esté faicte à la
charge et convenance que ou ladite damoizelle seroit survivante et
voudroit se tenir à ladite communaulté la moittyé desdits meubles et
conquetz immeubles qui se feront pendant le prézant mariage après
le decepz de ladite damoizelle appartiendra et reviendra entièrement
ès enffans qui seront procréés dudit présent mariage et au dernier et
survivant d'iceux sans que les enffans du premier lict de la dicte damoizelle y puissent prétendre aulcungs droictz soit de succession ou autre
quelconque pour l'advenir au cas qu'il y ayt enffans survivant dudit
présent mariage attendu que en faveur dudit présent mariage et des
dessandans d'icelluy ledit sieur de Blot a accordé et accorde la dite
Communaulté à la dite damoizelle de Veyny sans qu'elle soyt tenue dy
mettre aulcune choze de ses biens dans icelle et a esté accordé que où
ladite damoizelle survivante voudra se tenir après le deceptz dudit s^r de
Blot à la Communaulté elle sera tenue la continuer avec ses enffans
qui dessandront dudit présent mariage et des à présent ont voullu
et accordé lesditz mariés que la dite Communaulté desdits meubles
et conquetz immeubles soit continuée entre le survivant d'eux et les
enffans du prémorant dessandus du prézant mariage lesquelz représen-
teront le prédéceddé en ladite communaulté au cas toutesfois que ladite
damoizelle ne veilhe en cas de survye renoncer à ladite communaulté
ce qu'elle pourra faire dans le temps cy dessus déclaré auquel cas de
renonciation ny aura auculne continuation de communaulté entre elle
et les enffans dudit présent mariage et les autres biens que la dicte
damoizelle Claude de Veyny a de présant ou qu'elle pourra avoir pour
l'advenir, d'ailheurs que de ladite communaulté outre ladite somme de
treize mil livres constituée en doct sont réservés à la dite damoizelle
pour luy estre propres et paraphernaux et hors ladite constitution de
doct et pour desditz biens pouvoir par elle dispozer à plaisir et volonté,
toutesfois pour la seurretté desdits biens retenus et réservés hors la
dite doct ledit sieur de Blot a obligé et hypothéqué tous et chacuns
ses biens presantz et advenir et espéciallement ladite seigneurie de Blot,
ses dépendances et appartenances tant en proprietté que uzuffruict
pour en jouir du tout par ladite damoizelle et les siens le cas de restitution advenant sellon qu'il a esté sy dessus convenu et accordé jusques
à entière restitution desdits biens paraphernaux et réservé hors la constitution ou de ce que ledit sieur de Blot se trouvera avoir reçeu desdits
biens de la dite damoizelle ou des siens tant par contract, acquit, certification ou saing manuel dudit sieur de Blot et autrement vallablement
en quelque sorte et manière que ce soit et en outre en faveur et contem-

plation dudit mariage ladite damoizelle Claude de Veyny a fait et institué son hérittier universel en tous et chacuns ses biens présens et avenir le premier enffant masle procréé et dessendant dudit prézant mariage à elle survivant à la charge toutesfois de payer par une seullefoys après le decepz de ladite damoizelle à noble Gilbert de Saint-Quentin la somme de mil livres, à noble Michel de Sainct-Quentin la somme de mil livres, à noble Annet de Sainct-Quentin la somme de mil livres, à noble Pierre de Sainct-Quentin la somme de mil livres et à damoizelle Gilberte de Sainct-Quentin la somme de deux mil livres et se pour tout le droict de légistime part et pourtion qui peult ou pourroit appartenir ores ou pour l'advenir ès dits de Sainct-Quentin, enffans de ladite damoizelle de Veyny et dudit feu sieur de Beaufort des biens et succession d'icelle à la charge aussy de payer par ledit hérittier institué après le decepz de ladicte damoizelle, sa mère, par une foys payée et à ung chacun des autres enffans quy seront procréés et dessandront dudit présant mariage la somme de cinq cens livres tournois pour tout le droit de légistime ou autre quelconque qui leur pourroit appartenir ès biens et succession de ladite damoizelle, leur mère, et du reste qui n'est icy faicte mention demeurent les partyes aux utz et coustumes du pays d'Auvergne coustumier dans lequel lesdites partyes résident et leurs biens sittués car ainsy a esté faict et accordé par icelles partyes présentes et stipullantes pour eux et les leurs à perpétuel avec le notaire soubzsigné en tant que mestier seroit pour lesditcz enffans qui seront procréés dudit présent mariage et pour lesdits Gilbert, Michel, Annet, Pierre et Gilberte de Sainct-Quentin, myneurs et absentz et les leurs acceptant et stipulant et ainsy l'ont lesditz sieur et damoizelle expoux promis et juré soubz hypothèque et obligation de tous et chacuns leurs biens prézantz et advenir et ce que dessus attandre, faire et accomplir et ce faict à Blot l'Ezglize ès présances de noble homme Anthoine de Courtilles, homme d'armes de la compagnie de monseigneur de la Vauguyon, et Me Pasquet Molin, clerc, tesmoings par moy appellés, lesquelz et partyes ont signé à l'original des présentes le dixiesme jour de may l'an mil cinq cens soixante-seize et ainsy signé audit original, C. de Blot, C. de Veyny, A. de Courtilles, P. Molin et escript octroyé à Riom par le roy et signé.

J. Arnauld.

Expédié ses présentes ont esté à puissant seigneur Jehan de Chouvigny de Blot, filz auxdits mariés, luy le requérant par moy Jehan Arnauld, notaire royal à Champs, ayant trouvé leur original entre les nottes de feu Me Jehan Arnauld, mon ayeul, en son vivant notaire Royal ayant icelluy reçeu auquel a esté faict, extrait et collation pour valoir et servir audit sieur de Chouvigny ce que de raison. Faict le xxiiie octobre mil six centz trente quatre.

Arnauld, notaire royal.

(Archives d'Avrilly, n° 681.)

II. CONTRAT DE MARIAGE DE FRANÇOIS DE CHOVIGNY AVEC MARIE OLIVIER DE LEUVILLE (7 mars 1604).

7 mars 1604. — Contrat de mariage de François de Chovigny alias de Blot, écuyer, seigneur de Blot, âgé de vingt-cinq ans et plus, fils aîné de noble Claude de Chovigny, alias de Blot, sieur de Blot, de Montepedon, des Mazières, de Marceny et de Vaux, demeurant aux lieux de Blot en Auvergne, Diocèze de Clermont, et de dame Claude de Veny, sa femme, assisté de Pierre de Rochefort, sieur de Salvert, enseigne de la Compagnie d'hommes d'armes de M. le Duc de Montpensier, accordé le 7 du mois de mars de l'an 1604, avec demoiselle Marie Olivier, fille de feus Mᵉ Jean Olivier, chevalier, sieur de Leuville, baron de La Rivière, gentilhomme ordinaire de la Chambre du Roy, et de dame Suzanne de Chabannes, sa femme, assistée de Mᵉ Jean Olivier, son frère, chevalier, sieur de Leuville, baron de La Rivière, gentilhomme ordinaire de la Chambre du Roi, dame Madeleine de L'Aubespine, sa femme, noble homme Messire Antoine de Villiers, son tuteur, avocat en Parlement, Pierre Du Bois, Escuyer, sieur de Fontaines en Touraine, Mᵉ Jean François de La Guiche, chevalier de Saint-Géran, lieutenant général pour le Roi au gouvernement de Bourbonnois, Mʳᵉ Guillaume de Laubespine, chevalier, seigneur de Châteauneuf, conseiller du Roy en ses Conseils d'estat et privé, Révérend père en Dieu Mᵉ François de La Rochefoucauld, évesque de Clermont en Auvergne, et Mʳᵉ Jacques de La Rochefoucauld, chevalier, seigneur de Chaumont, ses parens, en faveur duquel mariage le père dudit futur promet de l'aquiter de toutes dettes et à l'égard des biens de la future, il est stipulé que le lot qui lui étoit échu dans les successions de ses feus Père et Mère et le compte que lui devoit rendre son tuteur lui tiendroient lieu d'inventaire, desquels biens il entreroit dans la communauté la somme de 12.000 livres, le douaire est de la somme de 500 livres de rente et les Père et Mère du dit futur promettent de lui faire valoir sa part dans leurs successions la somme de 4.000 livres de rente à prendre sur les chasteaux, terre et seigneurie de Blot et ses dépendances. Ce contrat pour l'exécution duquel les parties nomment leur procureur Mᵉ Charles Pollart, procureur au Chatelet de Paris, fut passé à Paris, en la maison du sieur de Châteauneuf, rue Betisy, paroisse de Saint-Germain-l'Auxerrois devant Pierre Montroussel et Antoine de Desquatrevaux, notaires au Chatelet et est produit par copie collationnée le 3 du mois de mai de l'an 1623 par Bergier, notaire royal sur une autre copie signée Vialard procureur aux présidial et sénéchaussée d'Auvergne à Riom à la réquisition de puissant seigneur Mʳᵉ Claude de Chovigny, alias de Blot, frère du baron de Blot. (Bibl. nat., Fr. 30 329.)

III. TESTAMENT DE CLAUDE DE CHOVIGNY, GRAND-PÈRE DE CLAUDE LE LIBERTIN, DU 15 MARS 1621 AVEC CODICILLE DU 23 OCTOBRE 1626.

Au nom de Dieu.

Lan mil sis sans vin et un et le quinzieme jour de mars je Claude de Chovigny alias de Blot escuier sieur de blot nersiny vaus, la dusce, forges, les masieres et montepedon, chevallier de l'ordre du roy.

Considérant leage auquel je suis qui passe soysante sayse ans et reconnoysant qu'il faut que toutes choses finissent et que la mort est certaine et l'heure d'icelle incertaine, ne voulant mourir sans disposer de mes biens et de ce quil a plu a Dieu leser en ma puisance afin deviter proses et debas entre mes enfans je veus et ordonne que les disposisions que je feray cy apres soyt suivies antierement et executées lesquelles je desclere estre mon testament et disposition generalle de derniere vollonte, en premier lyeu.

Je done et resigne mon ame a dieu lorsquil playra a sa divine bonte ordonner quelle ce separe de mon corps et de ce monde le suplient tres humblement la recepvoyr et admetre au glorieux sejour de son paradis et pour obtenir ceste grase.

Invoque lintersesion et asistance de la glorieuse vierge sa mère et de tous les sains et saintes qui reposent en ce glorieus sejour.

Veus et ordonne que mon corps soyt inumé et ensevely dans le couvent des bons peres chartreus nommé Sainte marie du port et que mes héritiers soyt tenus di fere porter mon corps soy que je meure en ce lieu de Blot ou de nersiny accompagné de dis prestres qui le conduiront jusques audit lieu et qui feront ung service en lesglize de ce lieu de Blot et lesquels seront norris et payes par mes heritiers je veus ausi que mon dit corps soyt suivy de vint et quatre paures avec une torche alumee en leur main et que a chascung deus soyt donne ung esguille et demy de bureau.

Je veus quil soyt donne au dit couvant et religieus la somme de sant sinquante livres pour les insiter a prier dieu pour moy.

Je veus ausi quil soyt fet un servise dans leglise de ceste paroyce de Blot par dis prestres et quil soyt par heus celebre quatre messes a aute voys lune en lonneur du saint esperit l'autre en lonneur du saint sacrement lautre en lonneur de nostre dame et une messe de mors et amploye en lumiere jusques a vint livres de sire.

Veus ausi que les dis prestres soyt norris le jour du dit service et payes au frays et despans de mes heritiers.

Jordonne ausi quil soyt fet le jour du dit service en ce lieu de Blot omone en pein jusques a la quantité de douse setiers soygle mesure de Blot.

Je veus quil soyt dit et selebre dans leglise de nersiny durant quarante jours une messe de mors a diacre et sous diacre et sera paye aux
prestres la somme de vint livres.

Et apres les quarante jours mes enfans feront ma quarante (quaran-
taine) a leur discresion et le bout de lan perellement tant pour le servise de lesglise que pour lomone sans toute foys quil y aye asamblee
de parans et damis et laquelle je defans expresement.

Je prie mes heritiers de metre sur mon corps une pierre de volvic
an laquelle seron gravees mes armoyries et timbre et lordre de chevallier qu'il a plu au roy me donner.

Je veus ausi quil soyt fet sancture autour des esglises de nersiny
et vaux dans et deaurs avec ecusons hamoyries et timbres.

Je veus quil soyt donne au couvant des religieuses madame sainte
Clere a aygeperce la somme de dis huit livres et troys setiers ble soygle.

Je donne et legue a claude de La rochebrian fils anthoyne de la rochebriant et de guione de Chovigny (1) mon petit-fils et filieul la somme de
sinc sans livres payables troys ans apres mon deses.

Je donne et legue a Lucresse de La rochebriant seur germaine du
dit Claude parelle somme de sinc sans livres payables lors quelle trouvera son parti en mariage et non autrement.

Je donne et legue a anthoyne meurdefroyt mon vallet de chambre
la somme de sant sinquante livres outre ses gages payables la moytie
ung an apres mon deses et le reste ung autre apres.

J'aprouve et confirme les donnasions avantages et liberalités par
moy cy devent fays au profit de feu Francoys de Chovigny mon fils
ayne en faveur des enfans quil a layse par son deses et an ce je nomme
et institue les dis enfans mes heritiers sans quils puissent rien pretandre
sur mes autres biens que jauré en mon pouvoyr lors et au tans de mon
dit deses et dou je mourre sesy.

Je nomme et institue mes heritiers universels par esgalle porsion
Jehan et pierre de Chovigny mes enfans puinés a la charge d'executer
mon presant testament selon sa forme et teneur payer tous mes legas
et frays funebres et tous mes detes.

Et pour executeur de mon dit testament je nomme mesire Jean de la
ceulle mon nepveu sieur de fleurat lequel je suplie come la personne
du monde en qui jay plus de fience en voulloyr prandre la peine et ce
sesir et amparer de tous mes biens si besouin fet jusques a ce que mon
intansiont et vollonte seront antierement executees.

Cest mon testament et ordonnance de derniere vollonte que je veus
tenir et valloyr en forme de testament donasion a cause de mort ou
de codisille revoquant tous autres testamens que jay cy devant fays
et pour preuve et tesmongnage de ma vollonte je lay escrit de ma main
et sine de mon sein ordinayre et duquel jay acoustume duser aus actes

(1) Guyonne de Chauvigny, mariée à Anthoyne de La Rochebriant, était fille
du frère de Blot, Gilbert, seigneur de Pouzol.

dimportance au bout de chasque page dicelluy contenent quatre roles
troys escris de part et dautre et le dernier dune part seullement, fet a blot
le xv mars 1621. Signé ; C. de blot. *(Archives d'Avrilly*, original, n° 687).

Ce testament est suivi du codicille écrit de la main du clerc du notaire :
Aujourdhuy vingttroisiesme jour d'octobre l'an mil six cens vingt six
après midy moy, messire Claude de Chovigny, Chevallier, baron de Blot,
sieur de Nassigny, Vaux, la Dure, Forges, les Mazières et Montepedon
estant au lict mallade en ladite seigneurie de Nassignet ay mandé
François Laurandet, notaire royal, et estant arrivé vers moy je luy ay
dict et déclairé, en présence des tesmoings cy après nommés que je avois
fait mon testament et ordonnance de dernière vollonté tout ainsy et
en la forme qu'il est cy devant escript lequel je le luy ay mis entre les
mains pour m'en faire lecture affin dy adjouter ou dyminuer ce que
je verray et sur le champt ledit Laurendet, notaire Royal, en présence
desdits tesmoings cy après nommés a faicte lecture à aulte voix audit
sieur de Blot, testateur, du susdit testament lequel ayant bien entendue
ladite lecture a dict qu'il confirme et approuve icelluy veult et entent
quil sorte son effect en tout et partout et amplifiant icelluy a dict quil
donne et lègue a Pierre Rollin, son serviteur, la somme de trente
livres outres les gages qui luy sont deubz, à Pierre Bourzet, son cuysi-
nier, semblable somme de trente livres aussy outre ses gaiges, A Anthoine Faure, son autre serviteur, la somme de dix huict livres outres
ses gaiges, et ce pour les recompancer des bons services qu'ilz luy ont
rendus, veult aussy ledit sieur testateur en cas que Lucresse de la Rochebrian, sa petite filhe, ne trouve son party et qu'elle vienne à mourir
auparavant que la somme de cinq cens livres qu'il luy a léguée par le
susdit testament soit mise entre les mains de sa mère pour en dispozer
envers ses autres enffens comme elle advizera, comme aussy veult
que après son decedz tous les biens desquelz il mourra vestu et saisy
soient partagés par moittié entre Jehan et Pierre de Chovignis, ses
enffens et héritiers, et pour obvier à débat entre eux que l'un d'eux
face le partaige desdits biens en deux lotz qui seront mis entre les mains
de l'autre pour en prendre le choix, et sur le champt ledit Laurendet,
notaire, en présence des tesmoings cy après nommés a leu et releu le
présent testament et présenté ratification audict sieur testateur qui
a dict avoir bien entendu le tout quil ny veult adjouxter ny dyminuer
aucune chose, quil le veult ainsy et que c'est son intention et dernière
volonté, faict et passé au lieu et chastel de Nassignet, parroisse dudit
lieu, après midy le vingt troizieme jour d'octobre lan mil six cens vingt
six, présentz Me Gilbert Luylier, chastelain dudit Nassignet, et Paul
Tribou, advocat, demeurans à Hérisson, ledit sieur testateur et tesmoings ont signé.
Plus à Pierre Georde son lacquais la somme de six livres faict comme
dessus. Signé Luylier, Tribou, C. de Blot, F. Laurendet.

Délivré coppie à Pierre de Chovigny.

IV. PARTAGE DES BIENS DE LEUR PÈRE ET MÈRE ENTRE CLAUDE, FRANÇOIS, CÉSAR ET GILBERT DE CHOUVIGNY (16 septembre 1639).

Comme soit ainsy que deffunct puissant seigneur Mre François de Chouveny, seigneur, baron de Blot l'Eglize, et autres places, et de dame Marie Olivier, mariés, soient dessandus cinq enffens masles appellés Claude, Jean, François, Cézard et Gilbert de Chouveny auquel Claude filz aisné le dict feu seigneur de Blot père par son testament du tiers juing mil six cens seize auroit legué en préciput le quart de tous ses biens, meubles et immeubles présantz et advenir — charge du quart des charges — et par le decedz dudit seigneur les dictz enffens delaissés mineurs soubz la tutelle et garde noble de ladite dame Olivier, leur mère, laquelle auroit exercé ceste charge jusques au dernier jour de mars mil six cens vingt qu'elle randit son compte devant Monsieur le Seneschal d'Auvergne ou son lieutenant et par la clousture d'icelluy se seroit trouvée créancière des susdictz enffens de la somme de vingt sept mille quarante cinq livres cinq solz sans comprendre pluzieurs articles suspandus et indécifs lesquelz ayant esté depuis liquidés et apurés par tranzaction passée en la ville de Paris le quatriesme aoust mil six cens vingt-trois entre ladite dame et messire Claude de Chouveny vivant seigneur et baron de Blot l'Eglize, ayeul et curateur des dictz mineurs, le dict débet de compte auroit esté grossi et enflé de notable somme dont néantmoins la dite dame Olivier n'auroit pointz estée payée par ses dictz enffens à cauze de son deceds advenu tost après la dite tranzaction et par ainsy tant ledict débet de compte que tous les autres biens de sa succession auroient esté acquis et transférés par pourtions esgalles aux susdicts seigneurs de Chouveny ses enffens l'ung desquelz, savoir ledit Jean se seroit randu jésuiste au collège d'Avignon et par testament du unziesme septembre mil six (cens) vingt six auroit institué ses héritiers lesdicts Claude et François de Chouveny, ses fraires aisnés, et faict quelque legat particulier auxdictz Sézard et Gilbert, ses puisnés. Donc lesquelz biens paternels, maternels et colatéraux estant indiqués et à partager entre lesdicts sieurs de Chouveny frères, et iceulx dézirant de régler leurs droictz à l'amyable ils auroient mis tiltres et documents de leur maizon entre les mains de plusieurs seigneurs, leurs parans et amys commungs, et ledict Conseil assemblé pour cest effaict en la ville de Riom et en suite pour et nommer des gens expers pour la valleur et estimation des dicts biens qui auroient esté sur les lieux de l'advis et entremize desquelles personnes ilz sont demeurez d'accord en la sorte et manière qui s'ensuit : Savoir faizons que par devant le nottaire royal soubzsigné et tesmoings bas nommés ont esté présantz lesdictz Mre Claude de Chouveny, seigneur et baron de Blot l'Esglize, Francois de Chouveny, seigneur de Montepedon, Cezard de Chouveny, seigneur des Mazières, et Gilbert de Chouveny, seigneur de Pouzol, tous frères majeurs de vingt-cinq ans pour eulx et les leurs à perpétuel lesquelz parties de leurs bons grés ont recognu avoir entre eulx liquidé le débet du compte deubt à la dite dame Olivier, leur mère, avec l'apurement porté par ladite tranzaction de lan mil six cens vingt trois à la somme de quarante cinq mil livres estre reputée comme bien maternel oultre la somme de six mil cinq cens livres qu'ils ont trouvé avoir payée des deniers provenant de la dite dame Olivier depuis son decedz en acquit et descharge de la succession paternelle auxquelz sommes du consentement desdictz sieurs de Chouveny a esté adjousté et unye aultre somme de quatre mil livres dont ils sont demeurés daccord pour la valleur et estimation du chasteau de Blot pour prés, vergers et bois daulte fustée y joignant faizant le vol du chapon qui demeure propre audict Claude de Chouveny, filz aisné, suyvant le bénéfice de la coustume recevant lesdictz trois sommes joinctes à cinquante-cinq mil cinq cens livres pour laquelle somme les dicts seigneurs de Chouveny ont pris et distraict de la masse de leurs biens paternels sauf d'estre cy après reduyt au partage comme biens maternels, la terre et seigneurerie de Montepedon avec toutes ses depandances ainsi et de mesmes qu'elle est et a esté cy devant jouye (?) estimée à quarante mil livres et les fermes muables cy après déclarées qui sont les percières de Pouzol, les Marjaridous et les Labbes pour trente ung septiers soigle; avoyne trante-une quartes; La Bussière, Lavaux, Bounelle et la Dejay, soigle cinquante-six septiers; avoyne cinquante six quartes; les deux tiers des percières des Mazières pour huict septiers soigle; avoyne huict quartes; celles de Lamys les Racles, Veliat, les Muratoux et la Villate pour trante-ung septiers soigle; trante une quartes avoyne; celles de Graverolz et les Girardines pour vingt-six septiers soigle; avoyne vingt-six quartes et le dommaine appellé Marjaridous pour vingt-six septiers soigle et vingt-six quartes avoyne; a revenant toutes les susdictes quantités à huict vingtz dix huict septiers soigle et huict vingtz dix huict quartes avoyne mezure de Blot. Et la dicte distraction faicte sur le rézideu des dictz biens paternels a esté ballié et délaissé audict Seigneur de Blot, filz aisné, oultre les chasteau vergier et bois d'aulte futaye pour le quart et préciput à luy légué par ledict feu seigneur de Blot père, A scavoir le dommaine et mestéries du chasteau, les prés de Blot et Montlieu, La Quavediere et la Coudel des Tynaus, le moulin Gravido et de la Gasve, la directe et Censyve deues sur le bourg de Blot concistant en argent cinq livres; soigle ou froment six septiers; avoyne trente quartes; gellines huict. Sur le village des Ollières argent cinquante solz; soigle trois septiers; avoyne douze quartes; gellines trois. Sur Neves argent cinquante solz; soigle neuf septiers. Sur le village des Tynaus cinquante solz; froment ou soigle une quarte quatre couppes; avoyne une quarte et sur le village de La Faye argent sept livres; froment ou soigle trois septiers une quarte; avoyne quarante deux quartes; gellines dix sept, et encores

les bois taillis appellés le Mouniere Lespellage, Le Veius, les Coings de
la Forestz, Les Baudes, Le Devay, le Coing des Prebonnes et La Coste.
Et pour le regard des trois quartz restant ensemble de la dicte terre de
Montepedon et fermes muables cy devant distraictes qui doibvent estre
partagées esgallement et sans preciput a esté faict quatre lotz et pour
tous esgallés tels que sont transcripts au pied des présantes dont le
premier est advenu au dict seigneur de Blot, le second audict François
de Chouveny, seigneur de Montepedon, le troiziesme audict Cezard de
Chouveny, seigneur des Mazières, et le quatriesme audict Gilbert de
Chouveny, seigneur de Pouzol, voullant et entandant les dicts seigneurs
de Chouveny que chascun d'eux puisse jouir et dispozer à l'advenir
du contenu des ditz lotz ainsi que de la chauze *(sic)* propre ce faizant
respectivement viais metres *(sic)* propriétaires et possesseurs l'ung
l'autre avec expresse convenance que les heritaiges particulliers escheus
et advenus à chascung d'eux sont randus alodiaux, francs, quites, im-
mune de tous cens, rantes, droicts et debvoirs seigneuriaux, dixmes
inféodées, charges et prétantions quelconques ès qu'ilz pourroient estre
tenus et redevables aux seigneureries partagées et que les dictes parties
jouyront des dictz lotz en toute justice haulte, moyenne et basse, sans
que lung deux doibvent aulcune dépandance ny superiorité à l'aultre
à la rezerve neantmoins dung septier de bled soigle deubt annuelle-
ment par le seigneur de Blot l'Esglize au seigneur et baron de Blot, de
laquelle redevance ledict Claude de Chouveny demeure chargé d'en
payer et acquitter la moytié, lesdicts Cezard et Gilbert de Chouveny
chascun ung quart faizant la dicte moytié, et daultant que le lot advenu
audict François de Chouveny, seigneur de Montepedon, s'est trouvé
plus fort en valleur et revenu que ceulx de ses dicts frères pour venir
à l'esgallité, il a payé et deslivré comptant reellement et de faict audict
Seigneur de Blot aisné la somme de trois mil sept cens cinquante-deux
livres ; audict seigneur des Mazières la somme de mil quatre vingtz
livres tournois; audict seigneur de Pouzol la somme de mil quatre vingtz
livres tournois ; duquel retour lesditz seigneurs se sont contantés et
des dictes sommes chascun en soy en droict ont quité et quitent le dict
seigneur de Montepedon avec pacte de ne luy en faire demande hores
ne pour l'advenir en jugement ne deors. *Et pour le regard* des meubles
estancilles et bestiaux dépandant desdicts dommaines, chaptelz particulliers, lesdicts seigneurs de Chouveny ont recogneu avoir iceulx par-
tagé et retiré chascun sa part. Autre pacte acordé entre les dictes parties
que les charges héréditaires de lestoq paternel sy aulcunes y a seront
payées et aquitées à proportion de ce que chascun d'eux amande en
ladicte succession et icelles prometent sa garantie lung l'autre et par
exprès le dict seigneur de Blot aisné, ses dicts frères, de tous les legatz
contenus au testament dudict deffunt seigneur de Blot père commung
suyvant la coustume sauf de ce servir de la reduction contre les lega-
taires s'il y eschet et en conséquance du présant accord et partaige
lesdictes parties demeurent respectivement quites lung envers lautre
de toute rédition de compte, restitution des fruicts des biens paternelz

5

ou maternelz et generallement de toutes autres chauzes et pretantions quelconques concernant les dictes successions sans préjudice touteffois des autres biens de la succession de ladicte dame Olivier, leur mère, restant à partager, lesquels demeurent indyvis pour en jouir par chascun deux sellon les portions a eulx revenant car ainsi l'ont voullu, promis et juré respectifvement etc. et à lentretenement du contenu en ses presantes out dune et dautre obligé tous leurs biens qu'ilz ont soubzmis et à rendre, despans, etc. renonssant etc. faict audict Blot L'esglize en presance de Me Anthoine de La Croix, procureur d'office dudict Blot Lesglize, qui avec lesdictz seigneurs contractans a signé à loriginal et Gilbert Rey de Vaultmont qui n'a seu signer, ce seiziesme jour de septembre mil six cens trante neuf. Sensuict la teneur des lotz advenus à chascun des dictz Seigneurs. *Premièrement* audict seigneur baron de Blot Lesglize la mesterie de Beaunezeix pour la valleur de deux cens livres chascun an, les grands prés dudict Beaunezeix pour soixante livres, les percières dudict Blot et la Faye pour quarante-cinq septiers soigle et quarante-cinq quartes avoyne, le dixme de Groullanges y compris la portion revenant à Montepedon pour cinquante septiers soigle et cinquante quartes d'avoyne, celluy de Bort pour deux septiers et deux quartes avoyne, les percières de Peyrière pour douze septiers soigle et douze quartes davoyne sur la directe, le village de Groullanges y compris aussy ce qui est deubt audict Montepedon guet et charroy pour la somme de quatorze livres quatre solz ; soigle ou froment neuf septiers trois quartes une coupe et demy ; avoyne quarante-cinq quartes coupes et demy ; gellines sept ; Les Peytous y compris aussy ce qui est deubt audict Montepedon pour sept solz huict deniers ; avoyne une quarte ; gellines deux ; Les Ollières pour ce qui est deubt audict Montepedon pour trante solz ; Les Berguiardz y compris aussy ce qui est deubt audict Montepedon pour dix livres ; soigle deux septiers ; avoyne dix quartes ; gellines trois ; Peyrie pour trante sept seolz sept deniers ; soigle neuf quartes ; avoyne dix quartes ; Bort huict livres deux solz huict deniers ; soigle neuf septiers ; avoyne trante quartes; gellines quatre ; Saint Angel trois livres dix solz ; soigle trois septiers ; gellines deux ; Villemovie dix solz dix deniers ; Les Bois appellés de Bouchadoux pour douze cens livres ; La Coppe, La Tartaroye pour trante-six livres ; La Fourestz, La Chabane et La Besse pour trois cens soixante livres ; La Courière pour sept cens livres ; Bost Gros pour quarante livres ; Champtlong pour quatre cens trante livres et Les Grandes Bessières pour sept cens dix livres. — *Le second lot* advenu audict seigneur de Montepedon, la terre et seigneurerie de Montepedon tout ainsi qu'elle se comporte et lymite et de mesme quelle a esté jouye sy devant avec trois solz et quatre couppes soigle à prendre sur le village de Nioux tiré de la terre de Blot, à la rezerve néantmoins de toute ladicte terre de Montepedon, du tiers du dixme de Groullanges, les Mazières, le tiers du bois du Chastellaud ensemble la directe deue sur le village des Mazières qui doibt argent chascun an quatorze solz six deniers ; soigle dix couppes ; avoyne treize quartes quatre couppes ; sur Groullanges, quatre solz ; soigle six quartes quatre couppes demy ; avoyne, dix couppes demy ; sur les Peytous douze deniers ; gelline une ; Les Berniardz seize solz huict deniers ; soigle six quartes ; avoyne huict quartes ; gellines deux, et sur les Ollières pour le Mas de la Goutas trante solz. — *Troisième lot* advenu audict seigneur des Mazières, le dommaine et mesterie de Fontbonne avec les percières dues sur ledict village de Fontbonne pour deux cens livres, les dixmes et percières des Mazières y compris ce que Montpedon y prant pour douze septiers bled soigle et douze quartes avoyne ; celles des Lamys, Les Racles, Les Vellias, Les Murateix, La Villate et Les Radis pour trante-ung septiers soigle et trante-une quartes avoyne. Sur les Graverolz et Les Gérardines pour vingt-six septiers soigle et vingt-six quartes avoyne ; Les Couppes de Beaudesduict et le Mas Chaslard pour quatre septiers soigle ; sur la directe Les Mazières y compris le cens deubt audict Montepedon guet et charroy pour quatre livres cinq solz huict deniers ; soigle cinq septiers une quarte ; avoyne soixante-seize quartes quatre couppes ; gellines cinq ; sur Saint Pardoux sept solz ; six quartes soigle ; trois quartes avoyne ; gellines deux ; argent cinq solz ; soigle neuf quartes ; avoyne huict quartes ; gellines quatre ; Fontbonne six livres ; soigle et froment, deux septiers cinq couppes demy ; avoyne huict quartes ; gellines trois et demy ; Les Gerardines quatre livres trois solz ; froment et soigle sept quartes ; gellines trois et demy ; Le dict Graverolz dix livres six solz quatre deniers ; froment et soigle cinq septiers deux quartes cinq couppes demy ; avoyne cinquante-cinq quartes cinq couppes et demy ; gellines dix ; Velliat cinq livres ; froment et soigle sept quartes cinq couppes ; avoyne trois quartes ; gellines quatre et demy ; Les Lamys quarante-ung solz ; froment et soigle six quartes cinq couppes ; avoyne douze quartes ; gelline une ; Les Racles argent cinq livres treize solz six deniers ; froment et soigle quatre septiers trois couppes demy ; avoyne dixhuict quartes ; gellines cinq ; La Villate et Les Murateix trois livres treize solz six deniers ; soigle dix quartes ; avoyne six quartes quatre couppes demy ; gelline une et demy ; La Villeneufve trois livres ; froment et soigle quatre quartes deux couppes ; avoyne trois quartes ; gellines deux et demy ; Montlieu dix solz ; soigle trois septiers deux quartes ; gelline une ; Gaby unze solz ; soigle deux quartes ; avoyne trois quartes ; les bois appellés les Petites Besses pour chasque couppe quatre cens dix livres ; La Marlenge pour seize cens livres ; Le Chastellaud pour trois cens cinquante livres ; Le Chefdefauld pour trois cens livres ; Guyvagaux pour deux mil deux cens livres ; Le Bouchat et La Demy pour cinq cens livres ; La Vergme pour deux cens cinquante livres, et la vigne de Sallepallere. — *Quatriesme lot* advenu au seigneur de Pouzol, le pré dudict Pouzol pour vingt livres chascun an, la mesterie des Marjaridoux pour quatre-vingtz livres, les percières dudict Pouzol, les Marjaridoux et les Labbes pour trante ung septiers soigle et trante-une quartes d'avoyne ; celles de La Bussière, Lavaux, Le Dejay et Bouneulle pour cinquante-six septiers soigle ; avoyne cinquante six quartes ; La mesterie de Gerguellepour deux cens livres ;

le dixme dudict Gerguelle, quarante-cinq septiers soigle ; sur la directè
le lieu de Pouzol qui doibt par an compris guet et charroy, argent
douze livres seize solz ; froment et soigle cinq septiers deux quartes ;
avoyne vingt-trois quartes ; gellines treize et demy ; Les Marjaridoux
pour trois livres cinq solz ; soigle trois septiers ; avoyne douze quartes
quatre couppes ; gellines quatre et demy ; Bounéulle pour quatre livres
dix sept solz six deniers ; froment et soigle deux quartes une couppe ;
avoyne vingt-deux quartes ; gellines quatre et demy ; Les Radys deux
solz six deniers ; soigle six quartes cinq couppes ; avoyne une quarte
quatre couppes trois quartz ; gellines deux ; La Bussière quatorze livres
quatorze solz ; froment et soigle quatre septiers deux quartes deux
couppes ; avoyne vingt quatre quartes ; gellines dix-neuf ; Lavaux
cinq livres trois solz ; froment et soigle cinq quartes ; avoyne neuf
couppes ; gellines cinq et demy ; La Chabasse deux solz ; soigle huict
couppes demy ; les trois moullins de Lavaux pour six septiers froment
ou seigle ; Le Dejay vingt-cinq solz six deniers ; soigle trois quartes ;
avoyne treize quartes ; gellines deux ; les boys appelés Le Comboy-
rauld pour couppe trante quatre livres ; Le Plais pour soixante livres ;
Champagnon pour trante-six livres ; Le Pyrousseil pour deux cens livres ;
Les Mereuclas pour deux cens livres ; la grande et petite Chabane pour
cent cinquante livres ; La Jarrege et le bois de Nevas pour cent cinquante
livres ; Lalande pour deux cens dix livres ; le bois de Velliat pour deux
cens quarante livres ; Le Perbier pour soixante-trois livres ; La Betoulle-
Redoude pour quarante livres ; Champagnon pour sept cens trante livres ;
La Tremouille pour cinq cens cinquante livres ; Champbertrand pour
deux cens livres ; Beaudeduict pour trois cens livres ; le petit Layat
pour cinquante livres et les vignes de Combronde. Et au dessoubz de
l'original sont soubsignés C. de Chouveny de Blot, F. de Chouveny de
Montepedon, Cezard de Chouveny de Blot et Gilbert de Chouveny de
Blot et a octroy tiré de Riom pour le roy et signé Veausse.

  Sellé et contrerollé Expédié audict seigneur des Mazières
  ledit jour (sig.) Veausse notaire royal.

  J'ai retiré des mains de Maistre Jehan Veausse l'original du susdit
partage lequel je luy promets remettre en foy de quoy j'ay signé, faict
ce dixhuitiesme jour de may mil six cent cinquante six. Montépedon.

Nous ne nous excusons pas de publier sans aucune suppression les Chansons libertines de Blot malgré l'obscénité et le cynisme d'un certain nombre de couplets. Comme nous nous sommes imposé la tâche de constituer les dossiers des soit-disant libres-penseurs du Grand Siècle, il nous était impossible d'en écarter Blot et cela parce que mieux que tout autre — à l'exception de Théophile de Viau et de Cyrano de Bergerac — il synthétise le libertinage dans le sens complet que l'on donnait à ce mot au XVIIᵉ siècle: répudiation de la tradition religieuse et politique de la France et liberté de mœurs poussée jusqu'à l'extrême licence.

Ajoutons que le tirage très restreint de cet ouvrage (280 exemplaires numérotés) et son prix élevé l'écartent du grand public et le mettent seulement à la portée des personnes qui s'intéressent à l'histoire de la libre-pensée dans notre pays, une infime minorité parmi les érudits.

F. L.

LES
CHANSONS LIBERTINES DE BLOT

Nous n'avons pas la prétention de reproduire ici tous les couplets de Blot. Un certain nombre sont restés anonymes dans les manuscrits — très nombreux dans nos grandes bibliothèques publiques — de chansons du XVIIᵉ siècle où il est impossible de les identifier avec certitude. Les couplets ci-après sont signés dans un des manuscrits suivants de la Bibl. nat. : Ms. 865, 12 666, 12 667, 12 726, et dans le Ms. Potocki (Cabinet de M. Pierre Louÿs). Pour les dates, elles sont données sous toutes réserves, les collecteurs des Ms. plaçant les mêmes chansons à des époques différentes.

Ce n'est pas non plus un *choix* des rimes de Blot ; nous n'avons écarté, nous le répétons, aucune pièce sous le prétexte d'obscénité. Le cynisme de Blot et de ses amis le chevalier de Rivière, Hotman, Marigny, etc., est une exception dans le *Grand Siècle*. La Fronde se présente comme une crise d'anarchie, il convient de ne pas lui ôter ce caractère en ce qui a trait à la verve spirituelle, mais malsaine, du gentilhomme de Gaston d'Orléans.

Nous présentons les chansons de Blot dans l'ordre suivant :

a) *Chansons libertines ;* b) *Sur la Reine et Mazarin ;* c) *Sur Mazarin ;* d) *Sur divers personnages ;* e) *Diverses.*

La *Musique des chansons* est celle des manuscrits 12 666 et 12 667 de la Bibliothèque nationale.

A) Chansons libertines.

Couplets (1650).

AIR I

Moquons-nous des Dieux de la Fable :
Qu'ont-ils fait de si remarquable
Que Loth ou Noé n'ayt vaincu?
Priape a-t-il f..... ses filles?
Et Bacchus a-t-il jamais bu
Jusqu'à monstrer ses triquebilles?

Quoy qu'on nous rompe les oreilles
Du Paradis, de ses merveilles,
J'en donne de bon cœur ma part ;
Car d'estre tousjours en extaze,
N'en desplaise au Père Bernard (1),
Est le vray mestier d'un viédaze (2).

Couplet.

A la santé de nos amis !
Que le Diable emporte les autres (3).
N'estes-vous pas de cet avis?
A la santé de nos amis !
Ma foy, vous me l'avez promis ;
Buvez aux miens, je bois aux vostres.
A la santé de nos amis !
Que le Diable emporte les autres !

(1) Le Père Bernard dit le pauvre prêtre, né le 16 décembre 1588, mort le 23 mars 1641, Moreri *(Dict. historique)* lui a consacré un article étendu.
(2) On retrouve cette idée exprimée dans le deuxième couplet de la chanson : *Dieu me fasse tousjours la grâce.*
(3) Var. : Et que l'aze f..... les autres.

Chanson (1645).

AIR I

Dieu me fasse tousjours la grâce,
D'avoir du bon vin à la glace (1),
Des jeunes c.... et des perdrix !
Je veux avoir les étrivières
Si jamais, pour son Paradis,
Je l'importune de prières.

Puisqu'on nous conte qu'en la Gloire
On n'y sçauroit manger ny boire,
Je m'y verray tout estonné.
C'est un vray mestier de viédaze !
J'ayme bien mieux estre damné
Que d'estre tousjours en extase (2).

Je suis bougre de vieille roche,
Qui n'auray jamais de reproche (3)
D'avoir usé du Sacrement.
Morbleu, tous sept je les mesprise,
Et, pour le monstrer hautement (4),
Je consens qu'on me desbaptise.

Je voy encor des esprits fermes (5)
Fonterailles, d'Aubijoux, de Termes (6),

(1) Var. : D'avoir du vin dedans ma tasse.
(2) Ce couplet a une variante dans un couplet donné à Des Barreaux par le Ms. Potocki et qui dans d'autres manuscrits est attribué, à tort vraisemblablement, à Blot :

On ne fout point dedans la gloire,	Enfin chanter toute sa vie
On n'y peut ny manger ny boire,	*Domine Deus Sabaoth,*
Admirer tousjours est d'un sot,	A la fin par Dieu on s'ennuye.

D'autres couplets dans ce Ms. sont attribués à Des Barreaux, on les trouvera dans notre travail : *Disciples et successeurs de Théophile : Des Barreaux et Saint-Pavin,* 1911. L'*Illustre Débauché* est encore l'auteur d'admirables sonnets insérés sans nom d'auteur dans un recueil publié à l'étranger, 1667 : *Recueil de quelques pièces nouvelles et galantes, II*e *partie, Cologne.*
(3) Var. : Qui ne se fait aucun reproche (12 666).
(4) Id. : Pour le preuver dès à présent (12 666).
(5) Id. : J'en connois encor d'assez fermes (12 666). — Ce couplet suit ordinairement un couplet donné à Des Barreaux par le Ms. Potocki et qui, dans d'autres manuscrits, est attribué à Blot :

Nous sommes ici demy-douzaine	Et je tiens qu'il est impossible
Qui ne nous mettons guères en peine	De trouver sous le Firmament
Du Vieux ny Nouveau Testament,	Des gens moins zélés pour la Bible.

(6) Voici quelques renseignements sur les personnages cités :

Qui vivent de mesme façon,
Sans faire jamais abstinence,
Si ce n'est d'eau et de poisson,
De Jubilé ou d'Indulgence.

Couplet.

Quoy que le Censeur puisse dire,
Je fais moins de cas d'un empire
Que d'un bon c.., d'un bon repas ;
Car sans le vin, la fouterie,
Morbleu, je ne donnerois pas
Un viédaze de nostre vie.

Couplets (1645).

AIR I

Je veux sortir de cette ville,
On y amasse trop de bile ;
Je m'y trouve tout désolé (1).
Je suis chagrin, je suis colère :
C'est, je croy, l'air du Jubilé
Qui m'est entièrement contraire.

Que ce maudit air incommode
Ceux qui vivent à nostre mode !
Le pauvre noble ne f... plus,
Nostre cher Chevalier (2) succombe,

Louis d'Astarac, vicomte de Fontrailles ; il tirait ce nom d'un petit village situé à quatre lieues de Tarbes. C'était, dit Paulin Paris, un gourmet, un libertin; un mécréant accompli, si on en croit son ami Blot ; il joua un rôle important dans la conjuration de Cinq-Mars. Fontrailles n'est autre que le sénéchal d'Armagnac dans le *Voyage de Chapelle et de Bachaumont.*

François d'Amboise, comte d'Aubijoux, mort en 1656, fut un des banquiers de Ninon de Lenclos à ses débuts dans la galanterie et, probablement, le premier des amis de cœur de la présidente Tambonneau qui en eut beaucoup par la suite.

César de Pardaillan, marquis de Termes était, dit M. E. Roca, raisonnablement décrié. Son frère et son neveu, le marquis de Montespan, que ses infortunes conjugales devaient rendre si célèbre, avaient eu la belle part de l'héritage du vieux duc de Bellegarde. César, peu fortuné et riche d'appétits, supporta mal la pauvreté; on l'accusa de fausse monnaie, rien n'est moins prouvé, il est vrai ; mais ce qui est certain, c'est qu'on le voyait mettre en coupes réglées l'affection que lui portait la présidente Aubert, et quoiqu'il ne fut alors nullement deshonorant pour un gentilhomme de vivre des libéralités d'une amie, M. de Termes était assez mal noté.

(1) Var. : Car j'y suis un peu trop débile ; ‖ Je m'y trouve trop isolé.

(2) Le chevalier de Rivière, aussi libertin que Blot, et presque aussi mordant et aussi spirituel que lui.

Le bon Saint-Pavin est perclus,
Et François Coquet (1) dans la tombe.

J'ay tousjours dit : fi de l'areste !
Je n'ay point attendu la feste
Pour descouper l'Agneau pascal ;
Et j'eusse creu estre anathème
Si, dans tous les temps faisant mal,
Je n'en eusse fait en caresme.

Couplets (1648).
AIR II

Puisqu'enfin il faut que je quitte (2)
Ce beau titre de desbauché,
Je veux devenir hypocrite,
Crainte qu'il me manque un péché (3) ;
Et je prendray la contenance
De quelque cagot d'importance.

Je veux à présent estre sage,
La mode du siècle y semont ;
Qu'on ne me parle de voyage,
Surtout de celuy de Beaumont !
Car ce chemin, sans doute aucune,
N'est pas celuy de la Fortune.

Que jamais plus on ne me parle
De bougre ny de cabaret !
Adieu, maistre Guy, maistre Charles,
Adieu Nanon, adieu Babet ;
Et, quoy que tard je m'en advise,
Je prétens qu'on me canonise.

Ah ! que je vais bien contrefaire
Le visage d'un innocent ! (4)
Je ne veux plus songer à plaire
Qu'au révérend Père Vincent (5),

(1) François Coquet, contrôleur général des finances. Guy Patin annonce sa mort (il avait quarante-quatre ans) dans sa lettre du 2 juin 1645.
(2) Var. : Enfin puisqu'il faut que je quitte (Ms. 12 666).
(3) Id. : Pour qu'il ne me manque un péché (Ms. 12 666).
(4) Id. : Encor que j'aille contrefaire. ‖ La mine de quelqu'innocent
(5) Vincent de Paul, chef du Conseil de Conscience de la Reine-Mère.

Et je ne perds pas espérance
D'estre du Conseil de Conscience.

Que Gauffre (1) s'aille faire pendre,
Le Normand (2) et d'Olonne (3) aussy !
Les exemples que je veux prendre
Ont à la Cour mieux réussy :
Pour peu que j'aye conduite bonne,
Je veux imiter Chaudebonne (4).

χ *Couplets* (1648).

AIR II

Or, adieu donc, mes camarades,
Quittons les péchés de jadis,
Putains, bouteilles, mascarades,
Il nous faut gagner Paradis.
Nous y f........ chacun un Ange,
Dont le c... sent la fleur d'orange.

L'un ayme le c... d'une fille,
L'autre le c.. d'un beau garçon,
L'autre n'ayme garçon ny fille
Et ne chérit que son flacon.
Pour moy, je bois, je ris, je chante,
Et je f... ce qui se présente.

Quant à ces pauvres sodomites,
Que le Seigneur, dit-on, brusla,
J'ay tousjours ouy dire aux Jésuites (5)

(1) Thomas Le Gauffre, né vers 1600, mort le 21 mars 1646. Un maistre des Comptes, fils d'un procureur des Comptes nommé Gauffre, prit la place du Père Bernard, et fit son oraison funèbre (il était mort le 23 mars 1641), où il concluoit tousjours que le Père Bernard était fou, sans s'expliquer autrement que c'estoit *stultus propter Christum.* Ce qu'il a fait de plus remarquable, c'est que, s'estant commis un meurtre dans Notre-Dame, il fit l'amende honorable pour le criminel qu'on ne tenoit pas, la corde au col dans l'Église (*Tallemant*, T. IV, p. 151).
(2) L'abbé Le Normand était le fils d'un maître des requêtes et petit-fils d'un commissaire du Chastelet, Boisrobert l'appelait *Dom Scélérat*. Cet abbé passait pour l'espion du cardinal Mazarin.
(3) M. d'Olonne, Louis de La Trimouille.
(4) Chaudebonne fut chevalier d'honneur de la duchesse d'Orléans, première femme de, Gaston. On voit d'après le *Journal* de Bassompierre qu'il fut arrêté et mis à la Bastille quelques jours après la mort du maréchal d'Ornano. Blot ici fait allusion à la dévotion sincère et tolérante de Chaudebonne qui était un familier de l'Hôtel de Rambouillet, et l'ami de Voiture.
(5) Var. : Que le feu du Ciel consuma. ‖ Je sçay des bons pères Jésuites.

Que ce ne fut pas pour cela,
Mais qu'ils voulurent f..... un ange,
Ce que Dieu trouva fort estrange.

A Gaston d'Orléans.
Couplet (1649).
AIR I

Prince tant illustre et si rare,
Ne me traitez plus de bizarre ;
Il est vray, je suis abattu.
Que veux-tu que dise un Eunuque
Qui n'a du tout plus de vertu
Ny pour le sein, ny pour la nuque?

Couplet (1650).

Amy, le c.. fut de tout temps
Le plaisir des honnestes gens
Et de Rome et de Grèce ;
Tous nos docteurs l'ont deffendu,
Mais un auteur plus entendu
Dit qu'il est pour l'individu
Et le c.. pour l'espèce.

Couplet.

Du haut du Ciel Jupiter, ce grand Dieu,
Dit en voyant Sodome tout en feu :
« Vraiment, Messieurs, je vous trouve plaisans ;
          C'est bien à vous,
          Qui bruslez là-dedans,
          De f..... comme nous » (1).

Chanson (1650).

Il n'est point trop déterminé
Si l'homme, qui se fait des festes,
Sera sauvé ou bien damné,
Ou s'il mourra comme les bestes ;
Mais je sçay bien qu'on vit content
En buvant, mangeant et f.....

(1) Tous ces couplets rappellent Saint-Pavin, le roi de Sodome.

Je ne hante plus les sermons,
Tous les docteurs je les mesprise.
Après ce qu'a dit Salomon
Tout le reste n'est que sottise ;
Car je sçay bien qu'on vit content
En buvant, mangeant et f.....

Tous les pompeux desirs d'honneur,
Et tous ces vains titres de gloire
Ne font que troubler mon bonheur,
Je veux f....., manger et boire ;
Car je sçay bien qu'on vit content
En buvant, mangeant et f.....

Couplet.

AIR I

J'estime fort vostre doctrine,
Vostre esprit, vostre bonne mine ;
Chacun dit mille biens de vous.
Mais pour moy qui ne suis qu'un asne,
Je ne connois rien quand je f...,
Fussiez-vous la papesse Jeanne (1).

Chanson (1651).

N'ayons ny procès ny querelles,
Ne nous coëffons jamais d'Amour ;
Que les intrigues de la Cour
Ne nous brouillent point la cervelle ! »
En dépit du destin,
Du Prince et Mazarin,
Trinquons, choquons le verre.
Fy de l'amour,
Fy de la Cour,
Fy de la guerre !

Eh quoy ! faut-il pour le caprice
D'un favory ou ses jaloux,

---

(1) Allusion à la légende qui a placé une femme sur le siège de Saint-Pierre. C'est un protestant, Jacques Blondel, un des plus zélés partisans de la Réforme, qui a prouvé que la papesse Jeanne n'avait point existé.

Acharnés comme loups-garoux (1),
S'entremanger à leur service ?
Respect au sang humain !
Ne versons que du vin,
Et ne choquons qu'à coups de verre.
      Fy de l'amour,
      Fy de la Cour,
      Fy de la guerre !

Et pour avoir plaisir sans crainte,
Franchise, paix et liberté,
Jurons une Société
Exempte de toute contrainte ;
Vivons gais et contens,
Et, pour l'estre long-temps,
Protestons, la main sur le verre,
      De fuir l'amour,
      De fuir la Cour,
      De fuir la guerre !

Couplet.

Messieurs, accordez-vous,
Huguenots et papistes ;
Morbleu, croyez-moy tous :
Soyons francs athéistes,
      Et allons !
      Et allons !
Je suis illuminé :
Il n'en sera jamais ny sauvé ny damné.

Couplet.

Descouvrir son sein pour augmenter ses charmes,
A tous momens me faire les doux yeux,
N'est-ce pas dire : « F..tez-moy donc, gendarmes »?
Sans dire mot, peut-on s'expliquer mieux?

Couplet.

Je ne dis pas à Dieu louange,
Ny ne luy demande pardon ;

(1) Var. : Vivre comme des loups-garoux.

Je n'ay ny maison ny vendange,
Je laisse tout à l'abandon.

Chanson (1653).

Mon confesseur tousjours me prie
De hanter bonne compagnie
Et d'éviter les libertins ;
Moy, qui fais tout pour luy complaire,
Je ne f... plus qu'un capucin :
N'est-ce pas bien le satisfaire?

Il est vray que leurs barbes-salles,
Leurs pieds puants et leurs sandalles,
Et leur entre-fesson velu
Ne m'en donne guères d'envie.
Mais quand il s'agit du salut
Il faut bien qu'on se mortifie !

Couplet (s. d.).

Vous qui croyez un Paradis,
Gens hardis,
Vous me faites un Amadis.
Nargue de peine et de gloire !
On ne m'en
On ne m'en
On ne m'en fait point accroire.

Couplet (s. d.).

Pardonnez-moy, dames illustres,
Vous estes dignes du balustre.
Mais, connoissant l'humeur de Blot,
Ne luy faites pas cette injure ;
Il a bien mangé du gigot,
Et vous vivez de confiture.

B) Chansons sur la reine Anne d'Autriche et le cardinal Mazarin.

———

Chanson (1643).

AIR III

Un mort (1) causoit nostre réjouissance,
Les gens de bien vivoient en espérance ;
Mais
Je crains que sous la Régence
Ce ne soit pis que jamais.

On va disant que la Reyne est si bonne
Qu'elle ne veut faire mal à personne ;
Mais,
Si l'estranger (2) en ordonne,
Tout ira pis que jamais (3).

Couplets.

AIR IV

Les c........ de Mazarin,
Homme fin,
Ne travaillent pas en vain ;
Car, à chaque coup qu'il donne,
Il fait bransler la Couronne.

Ce foutu sicilien
Ne vaut rien,
Il est bougre comme un chien ;
Elle en a, sur ma parole,
Dans le c.., nostre Espagnole !

(1) Louis XIII.
(2) Mazarin.
(3) Blot fit ce couplet chez Gaston où l'on disoit du mal du Cardinal (Ms. 12 666).

Couplet (1646).

AIR I

Le Cardinal f... la Régente ;
Qui pis est, le Bougre s'en vante
Et luy vole tous ses escus.
Pour rendre la faute moins noire,
Il dit qu'il ne la f... qu'en c.. :
La chose est bien facile à croire (1).

Couplet.

Sire, vous n'estes qu'un enfant,
Et l'on vous vole impunément ;
Le Cardinal f... vostre mère.
          Lere la,
        Lare lan lere,
        Lire lan la.

Mesme on dit qu'il a protesté
De f..... vostre Majesté,
Et le Prince vostre Frère.
          Lerè la
        Lere lan, lere
        Lere lan la.

Couplet (1649).

AIR V

Le Bougre de Sicile
A fait de vilains coups ;
Bonnelle et Romainville
Ne seroient pas si fous.
Ils aimeroient bien mieux chèvre et biche,
Ou f..... quelque garçon
Que de f..... femme en c..,

(1) Voici une variante de ce couplet de Blot :

Il f... nostre Regente	Il faut sonner le tocsin,
Et lui prend ses Escus,	Dindin, dindin,
Et le Bougre se vante	Dindin, dindin,
Qu'il l'a f..... en c...	Pour pendre Mazarin.

Nous n'avons pas relevé toutes les variantes des couplets de Blot, mais seulement les principales, d'autant qu'il est impossible de distinguer le texte original de l'auteur, il est probable même qu'il l'a remanié plusieurs fois.

Quand elle seroit du sang d'Autriche
Et la veufve d'un Bourbon ! (1)

Couplet (1650).
AIR VI

Je veux que Dieu me damne
Si vous ne faites desloger,
 Dame Anne, Dame Anne,
  Vostre estranger :
  Les barricades
  Et les frondades,
Vous feront bientost desnicher.

Couplet (1650).

Dame Anne, que ne prenez-vous
Jules Mazarin pour Espoux ? (2)
Il est italien de nation,
  Vous estes espagnole,
  Et vous aymez le drôle ;
Vous le sçavez bon compagnon.

Couplet (1650).

La goutte nous va venger
De ce maudit estranger (3) ;
Car, quand la Reyne l'appellera,
  S'il faut qu'il la f....,
  Et qu'il ait la goutte,
La double putain l'estranglera.

---

(1) Var. de ce couplet :

Ils f..... plustost et chèvre et biche	Fut-elle du noble sang d'Autriche,
Qu'une femme par le c..	Et la veuve d'un Bourbon ! (Ms. 12 666).
Comme a fait ce coyon,	. . . .

(2) Dans un curieux volume de poésies de Marc-Antoine Deroys, abbé de Lédignan, chanoine d'Alès, docteur en théologie : *La Muse héroïque ou le portrait des actions les plus mémorables de son Eminence, avec diverses pièces sur différents sujets, Paris, Charles de Sercy,* 1659, in-12, aux pp. 27 et 30, le cardinal Mazarin est présenté comme l'époux secret d'Anne d'Autriche, et il ne paraît pas qu'aucune poursuite ait été engagée contre Lédignan. Le Cardinal tenait vraiment peu de compte des médisances colportées contre sa moralité; son indifférence, à cet égard, ne sera jamais dépassée par aucun homme politique.

(3) Var. : La Goutte va nous délivrer. ‖ De ce maudit bougre étranger...
d. v. : La double putain le chassera.

Couplet (1651).
AIR VII

Mazarin, ce bourgeron,
De Paris chasse les c... (1) :
C'est un renégat,
Un bougre d'ingrat
De les avoir en hayne ;
Il n'eust jamais esté qu'un fat
Sans celuy de la Reyne.
Lon la
Sans celuy de la Reyne.

Moy, je ne veux point de mal
A Monsieur le Cardinal (2) :
C'est un estranger
Qui se veut vanger.
Je pardonne à sa hayne ;
Mais je voudrois bien estrangler
Nostre putain de Reyne.
Lon la
Nostre putain de Reyne.

Chanson (1652).
AIR V

Allez-vous faire f....,
Monsieur de Mazarin !
Quoy ! pour un peu de f....,
Qui sort de vostre engin,
Vous embarbouillez la France.
Si Dame Anne le vouloit,
On la baiseroit
Et chevaucheroit
Bien mieux que vostre Eminence,
Et si tout mieux en iroit.

---

(1) Cette chanson fut faite lors que le cardinal Mazarin fit exiler les comtesses de Fiesque et de Pienne (12 666).
(2) Var. : Pour moy, je suis sans chagrin. ‖ Contre Jules Mazarin ‖ ou encore : Pour moi, je n'ay nul chagrin. Autre var. : Mazarin, ce grand fripon ‖ Dit qu'il n'aime pas le c... ‖ C'est un scélérat ‖ Un franc renégat... — On avouera qu'il est difficile d'aller plus loin dans l'injure. Blot avait perdu tout sens moral et il était au service du beau-frère de la Reine !

Blot à Gaston.
Chanson (1652).
AIR IX

Vous demandez d'où vient ma peine (1)
Et ce qui m'a tant désolé :
C'est qu'on dit que j'ay mal parlé
Du c.. et du c.. de la Reyne.
Ils ont menty les Mazarins,
Je n'ay point mérité leur hayne ;
Ils ont menty les Mazarins,
J'estime fort ces deux voisins.

A la Reyne.

Je n'ay rien dit, ne vous desplaise ;
Je vous honore infiniment,
J'estime vostre fondement
Et vostre c.. chaud comme braize.
Ils ont menty les Mazarins,
Ne faites donc plus la mauvaise !
Ils ont menty les Mazarins,
J'estime trop ces deux voisins.

Chanson (1652).
AIR X

Dedans Poitiers la grand ville,
Galerie on fait bastir,
Fort commode et fort utile
Pour entrer et pour sortir ;

Le Cardinal s'y promène
Et peut, le jour et la nuit,
En pantoufle et sans mitaine,
Voir la Reyne dans son lit (2).

---

(1) Vous demandez quelle est ma peine.
(2) Var. : Mazarin qui s'y promène   Sans pantoufle et sans lanterne,
      Autant de jour que de nuit,   Va voir dame Anne dans son lit.
Ce premier couplet est placé par erreur sous la date de 1660 dans le Ms. 12 667.
Nous avons déjà dit que les manuscrits renferment nombre de pièces placées à
des dates inexactes. On y trouve des pièces de Blot sous les rubriques de 1656
à 1660, c'est-à-dire postérieures de quelques années à sa mort, arrivée en mars
1655, à Blois, dans la maison de Gaston.

Que l'on peste et que l'on crie :
Elle veut le Mazarin !
Par la mesme galerie
Le Roy va voir son parrain (1).

Je ne sçay qu'a fait cet homme
Pour les rendre si soumis (2) ;
S'il vit comme on vit à Rome,
Adieu la mère et le fils (3) !

Couplet (1653).
AIR I

Le Cardinal est fort en peine
Comment il doit f..... la Reyne,
N'ayant jamais f..... de c... ;
Il craint qu'au Consistoire on sçache
Qu'il a mesprisé la leçon
Qu'on luy donnoit estant bardache.

Couplet (1649).
AIR VII

La Reyne a dit en sortant de la ville :
« Je m'en ressouviendray,
Sçachez, François, que je suis de Castille,
Que je m'en vengeray,
Ou bien j'auray la mémoire perdue. »
Elle est revenue, dame Anne, elle est revenue.

La Reyne a dit : « J'ay souffert en chrestienne
Un si sensible affront ;
Je gagerois qu'avant que je revienne
Ils s'en repentiront. »
Elle a, ma foy, sa gageure perdue.
Elle est revenue, dame Anne, elle est revenue.

(1) Var. : Le Roy par la galerie ‖ S'en va trouver son parrain (Ms. 12 666).
(2) Id. : Pour se rendre tout permis (Ms. 12 666).
(3) Le cardinal Mazarin par une faveur particulière fut choisi pour être le parrain de Louis XIV et la princesse de Condé la marraine, qui ne nomma le jeune prince qu'après avoir offert plus d'une fois cet honneur à S. É. La cérémonie fut faite le 21 avril 1643 (Ms. 12 666). On sait que le dauphin naquit à Saint-Germain-en-Laye, le 5 octobre 1638 ; il avait dix ans au début de la Fronde.

Couplet (1653).

AIR I

A la fin, malgré tout le monde,
Malgré Princes, malgré la Fronde,
Malgré nos plaintes et nos cris,
Après d'effroyables tempestes,
Jules est rentré dedans Paris
Et remonté (1) dessus sa beste.

Chanson (s. d.).

Baisez, baisez, beau Sire :
Le Père Féri ne vit plus ;
Baisez, baisez, beau Sire,
Et faites des cocus.
Le roy Louis XIII le fut bien.
Sans le secours de Mazarin
Où seriez-vous, roy très chrestien?
Dame Anne, bien apprise,
Pour vous faire, par son canal,
Fils aîné de l'Église,
Vous eut d'un Cardinal.

Couplet (s. d.).

Hélas ! pauvre maison d'Autriche,
Jadis si puissante et si riche,
Tu ne tiens plus qu'à un filet,
Tu as perdu toute espérance :
Capitaine *Soupe de lait*
Mettra l'Empire en décadence.

---

(1) Le Cardinal rentra dans Paris le 3 février 1653. Cette entrée fut une espèce de triomphe, plus magnifique que n'avait été le retour du Roi lorsqu'il revint à Paris après les derniers troubles (12 666).

C) Chansons sur le cardinal Mazarin.

Chanson.

Sçachez que la gent Cardinale
Est une maudite cabale
Qui n'en veut qu'au Gouvernement ;
Elle a désolé nos provinces,
Et veut choquer le Parlement
Pour prendre impunément nos Princes.

Chanson.

Tu dois mesnager ces ministres,
Qui d'un cahier de leurs registres
Pourroient bien t'envoyer aux champs ;
Ces Messieurs sçavent ton affaire,
Et sont parfois assez meschants
Sans qu'ils battent leur petit frère.

Sy ta mère te certifie
Qu'elle en connut un en sa vie
Qui fut l'honneur des braves gens,
Garde de te laisser surprendre :
Les Nogarets sont obligeans,
Mais les Mazarins sont à pendre.

Triolet.

Gens attachez au Cardinal,
N'en dites bien en nulle sorte,
Et nous n'en dirons point de mal.
Gens attachez au Cardinal,
Le parti n'est pas fort esgal :
Nous y perdons, mais il n'importe.
Gens attachez au Cardinal,
N'en dites bien en nulle sorte !

Couplet (mars 1649).

AIR I

Vous qui demandez un passage
Pour l'obtenir, et davantage (1),
Ne vous rendez pas importun ;
Faites consentir par les vostres
Que le Cardinal en bouche un
Et l'on vous ouvrira les autres (2).

Couplet.

Frondeurs, si vostre remonstrance
Peut faire chasser l'Éminence,
Je seray de vostre costé.
Mais si l'on n'en vouloit rien faire,
Où trouverez-vous seureté?
Pensez-y bien, c'est vostre affaire.

Couplet fait par les Mazarins (1650).

AIR I

Cette cabale (3) est peu habile
D'avoir choisi l'Hostel de Ville
Pour conférer de ses exploits :
Son esprit, qui par trop s'élève,
Ne devroit pas avoir fait choix
D'un lieu si proche de la Grève.

Réponse de Blot.

Cette cabale est fort habile
D'avoir choisi l'Hostel de Ville
Pour y consulter sûrement :
En Grève on n'a point à descendre,

---

(1). Var. : Pour obtenir cet avantage.

(2) La Cour avait promis cent muids par jour, et, depuis l'ouverture de la Conférence, il n'en était pas entré cent quatre-vingts, c'est à ce fait que se rapporte en partie la mazarinade suivante, assez spirituelle, et que M. Moreau était tout disposé à attribuer au célèbre cul-de-jatte Scarron : *Sur la conférence de Ruel, en mars, vers burlesques du sieur S.....* (S. l. 1649), in-4° de 4 p. Sautreau de Marsy, au tome premier de son *Nouveau siècle de Louis XIV*, a donné à ce pamphlet le singulier titre de *Disette*. Voir la *Bibliographie des Mazarinades*, par C. Moreau, Paris, 1851, 3 vol.

(3) Les Frondeurs.

Pour y voir plus commodément
Le Mazarin que l'on doit pendre (1).

Chanson durant la prison des Princes (1651).

Grand lieutenant général de France,
                Pense
        Quelle est la souffrance
        D'un Prince en prison
        Tousjours dans la transe
        Du fer, du poison (3).
            Sois plus habile :
                Il est facile
        De faire au Gredin de Sicile
                Gille.
            Suis cet Évangile ;
        Chacun en sera resjouy,
                Ouy !
        · Par la morguienne,
            Mordondaine (4),
                Ouy !

    Souffrira-t-on qu'un vilain bardache
                Lasche,
        Sans que l'on s'en fasche
        Réduise aux abois,
        Sur nostre moustache
        Le sang de nos Roys?

---

(1) M. Moreau *(Bibliographie des Mazarinades)* donne cette réponse à un anonyme ; il est probable cependant que Blot est l'auteur des deux couplets. Ils ont été insérés avec des variantes dans la mazarinade : *L'Interprète des écrits du temps, tant en proses (sic) qu'en rimes, et son sentiment burlesque sur iceux. Paris,* 1649, in-4° de 8 pp. Voici une variante du second couplet (rép. de Blot) :

Sy les Conty et Longueville	Dedans la Grève sans descendre,
Ont fait choix de l'Hostel de Ville	Ils pourront voir commodément
N'ont-ils pas fait bien prudemment?	Le Mazarin qu'on y doit pendre.

Autre variante :

Sy Conty, Beaufort et Longueville	C'est afin de ne point descendre
Ont fait choix de l'Hostel de Ville,	Et de voir plus commodément
Ils ont agy fort prudemment,	Le Mazarin qu'on y doit pendre.

(2) Gaston d'Orléans.

(3) Var. : Qu'un Prince en souffrance ‖ Dedans sa prison ‖ Est tousjours en transe ‖ De peur du poison (Ms. 12 666).

(4) Var. : Ouy, par la morguienne, ‖ Vertudienne ‖ ouy.

La pauvre France
Est en souffrance ;
Il est temps que son Éminence
Danse
Sous une potence !
Chacun en sera resjouy,
Et ouy (1)....

Tous les gens que le sieur de Turenne
Meine,
Ce grand capitaine,
Sont fort vigoureux ;
Le bois de Vincennes
Est foible pour eux.
Porte cochère
Ne dure guère
Devant gens de telle manière
Fière,
Qui taillent croupière
A ce faquin Mazarini
Et ouy...

A son abord, la grand' ville esmue,
Hue
Beaufort dans la rue,
Et sur le blondin
L'on s'escrie : « Tire, tire !
C'est un Mazarin. »
Le Roy des Halles
Trousse ses malles
Au premier son de nos timballes,
Pasle,
Dit à sa cabale :
Fini ! Les Princes sont sortis
Et ouy....

J'entens le Beaufort dedans son ire
Dire :
« Je me veux desdire :

(1) Var. : Le sang de nos rois ‖ Qu'on le canarde ‖ Qu'on le pétarade ‖ Ou bien qu'on ordonne qu'un garde darde ‖ Sur luy l'hallebarde ‖ Ne peut-on trouver un Vitry ‖ Et ouy.....

J'ayme Mazarin,
Puisqu'à père et mère
Il donne du pain !
Et vous, Chevreuse (1),
Noble coureuse,
Et vous, de Montbazon, la gueuse (2),
Gueuse,
Soyez généreuse,
Tenez conseil au pilory
Pour sauver dame Anne et son favory,
Et ouy...

Chanson (1652).

AIR I

Le Mazarin et sa sequelle
Nous font aller en sentinelle
Dedans une froide saison.
Le Diable l'emporte et le tue,
Et que l'Enfer soit sa prison,
Si ceste guerre continue !

Seigneur, qui voyez nostre zèle,
Exaucez-en la kyrielle,
Saint-Cloud, Saint-Denis, Saint-Germain !
En exterminant la canaille
Qui nous a bouché le chemin
Des choux et des huistres à l'escaille.

Ils ont pillé nos métairies,
Bu nostre vin jusqu'à la lie.
Jetté nos farines, nos blés,
Mais le terroir est si fertile
Que, pour un peu qu'ils ont osté,
Il nous en revient plus de mille !

Si le brave Beaufort assemble
Des braves cavaliers ensemble,
On verra, par ce grand effort,

(1) **Marie** de **Rohan**, duchesse de Chevreuse, *Hist. de Tallemant*, T. I, p. 398.
(2) **Marie** de Bretagne, née vers 1610, morte le 28 avril 1657 ; elle avait épousé Hercules de Rohan, duc de Montbazon. *Tallemant* lui a consacré une *Historiette*, T. IV, p. 461.

L'ennemy, monstrant le derrière,
Navré d'un pistollet à mort,
Faire bosser le cimetière. »

Sortez, Paris, brave cohorte,
Hardiment faites-nous escorte.
Vous verrez entrer un convoy
De bœufs, de moutons, de farine ;
Chacun criera : Vive le Roy,
Le Parlement, et la cuisine !

Chanson (1652).

AIR XIII

Hélas ! bon Dieu, quel bonheur !
Nostre saint Père est frondeur (1).
Je le béniray,
Je l'honoreray,
Tout le temps de ma vie ;
Je jure que je l'aymeray
Plus qu'il n'ayme Olympie,
O Guay,
Plus qu'il n'ayme Olympie (2).

S'il nous deslivre à la fin
De ce bougre de Mazarin,
Je le signeray
Et déclareray
Que je l'honore et prise ;
Et je croy que je deviendray
Grand pilier de l'Église,
O Guay,
Grand pilier de l'Église (3).

---

(1) Innocent X. Jean-Baptiste Pamphili, successeur d'Urbain VIII, né à Rome en 1572, mort le 16 janvier 1655. Il fut l'ennemi déclaré de Mazarin et on lui reprocha, à tort ou à raison, sa liaison avec sa belle-sœur : Dona Olympia Madalchini. Voir *Chansons sur divers personnages*, p. 48.

(2) Si l'on peut, par ce moyen,   Le reste de ma vie,
Chasser Jules Mazarin,   Et je croy que je l'aymeray
Je l'estimeray,   Plus qu'il n'ayme Olympie.
Je l'honoreray,

(3)   Je le jureray,   Un pilier de l'Église.
Je le signeray,   Lon la
Je l'honore et le prise,   Un pilier de l'Église.
Et je croy que je deviendray   . . . .

Couplet (1652).

AIR XIV

Mazarin devant Estampes (1)
Est allé planter son camp ;
Mais il faut qu'il en décampe
Et qu'il aille plus avant.
La place est trop bien gardée,
Il n'en viendra pas à bout,
On ne bat pas une armée.
Si facilement qu'on f...

Couplet (1652).

AIR I

Faites taire ceste canaille
Qui veut que Mazarin s'en aille
Quand il n'en est plus de besoing.
C'est une inutile chicane,
Il ne sçauroit aller plus loing
Quand il est porté par un asne (2).

Couplet (1652).

AIR XV

Ainsy chantoit dans son balustre
La triste et dolente Nanon,
En disant : « Fy du renom !
Mazarin est un bougre illustre ;
Vendez mes cottes et cottillons,
Sauver son v.. et ses couil.... ! »

Couplet (3) (1653).

AIR XVI

Enfin il n'est point de retour ;
Le Cardinal est fort mal à la Cour,
Le Mazarin, grand amy de Condé,

(1) L'armée des Princes était assiégée dans Étampes par l'armée du roi commandée par Turenne. Le siège, commencé dans les derniers jours d'avril, fut levé le 7 juin suivant.
(2) Var. : N'étant monté que sur un asne (Ms. 12 666).
(3) Chanson de Blot à contre vérité, faite par lui sur le champ sur ce que Gaston lui disoit qu'il ne falloit plus parler mal du Cardinal (12 666).

Qui n'a jamais esté frondé,
Ce Ministre docte et fidèle
Fut aymé de Mademoiselle (1).

Remède universel à tous les maux de la France.

Qu'on me le chasse, qu'on me le fouille,
Et qu'on me luy coupe les c......

Couplet (1651).

Le cardinal Mazarin
Homme de prudence,
A promis de mettre fin
Aux maux de la France.
C'est un homme d'esprit,
Zeste, zeste,
Et de conscience.

Sur le bal donné à l'Hôtel de Ville au retour du cardinal
Mazarin (1653).

Frondeur, scais-tu la comédie
Que Paris donne au Cardinal,
Quand le champ de la Fronderie
Se change en salle de bal ?
L'on verra l'Homme de Sicile,
Triomphant dans l'Hostel de Ville,
Monter sur un bel eschaffaut,
Mais non pas sur celuy qu'il faut.

----

(1) Mademoiselle de Montpensier, fille de Gaston d'Orléans.

D) Chansons sur divers personnages.

Sur le frère Antoine.

Couplet.

Que dites-vous du frère Antoine,
Qui, gueux comme doit estre un moine,
Sans payer est de tous escots,
Et plus dévot que nous ne sommes,
Se charge tous les jours le dos
Des péchés de cinq ou six hommes ?

Sur Bachaumont.

Couplet (1649).
AIR XVII

Pour Bachaumont (1), sa tendre enfance
Le doit sauver de cette loy
De gambiller sous la potence
Pour avoir irrité son Roy ;
Il se repent comme son père,
Et promet un jour de mieux faire,
Tout prest de dresser un factum
Contre le président Charton.

Sur Barbé, homme d'affaires.

Couplet.

Barbé mérite le balustre.
Vertubleu ! c'est un homme illustre ;

(1) François Le Coigneux, sieur de Bachaumont. En dehors du *Voyage* qu'il
a écrit avec Chapelle, Bachaumont est l'auteur de triolets (Tallemant).

Il chérit les c... et les c..,
Les pistoles luy sont des mailles,
Roquelaure et tous les gascons (1)
··· Près de luy ne sont que canailles.

Sur le duc de Beaufort.

Triolet (1649).

Il deviendra grand potentat
Par ses actions mémorables,
Ce Duc dont on fait tant d'estat !
Il deviendra grand potentat,
S'il scait renverser nostre Éstat
Comme il scait renverser la table.
Il deviendra grand potentat
Par ses actions mémorables (2).

Sur le duc de Beaufort et Gaston d'Orléans.

Réponse à la chanson de Marigny : *Or escoutez,
peuple de France* ‖ *Ce propre avis* (1650).
AIR XVIII

Beaufort de grande renommée (3),
Qui sceut ravitailler Paris,
Doit tousjours tirer son espée
Sans jamais dire son avis (4).

(1) Antoine, chevalier de Roquelaure, mort en décembre 1660. Il faut lire sur lui l'historiette de Tallemant, qui commence ainsi : « Le chevalier de Roquelaure est une espèce de fou, qui est avec cela le plus grand`blasphémateur du royaume ; on dit qu'il s'est un peu corrigé. A Malte, il fut mis dans un puits, où on le laissa quelque temps par punition. A l'armée navale, le comte d'Harcourt fut sur le point de le faire jeter à la mer... » Les gascons étaient Fontrailles, d'Aubijoux, de Termes, Blot, chevalier de Rivière, Coulon, Des Barreaux, Henri d'Escars dit Saint-Hibal, Romainville et Hotman.
(2) Ce triolet fait allusion à l'aventure du Jardin du renard à laquelle a trait la mazarinade suivante : *Le Branle-Mazarin, dansé au souper de quelques-uns de ce parti-là chez M. Renard, où monsieur de Beaufort donna le bal*, Paris, 1649. Jarzé s'étoit vanté qu'il avoit fait quitter le pavé à M. de Beaufort qui l'ayant sceu alla au jardin de Renard un jour que Jarzé donnoit un repas, renversa la table et fit bien du désordre (Ms. 865).
(3) Var. du Ms. Potocki, T. I, p. 461 : Nostre grand général d'armée.
(4)   Id.   : Sans jamais donner son avis.

S'il veut servir toute la France,
Qu'il n'approche plus du barreau,
Qu'il rengaîne son éloquence
Et tire le fer du fourreau (1).

Dans un combat il brusle, il tonne ;
On le redoute avec raison.
Mais de la sorte qu'il raisonne,
On le prendroit pour un oyson (2).

Gaston pour faire une harangue
Trouve beaucoup moins d'embarras :
Pourquoy Beaufort (3) n'a-t-il sa langue?
Pourquoy Gaston n'a-t-il son bras?

Il tiendroit un autre langage
Par qui l'Estat se calmeroit ;
Mazarin trousseroit bagage,
Et le Diable l'emporteroit.

Les Bourdelois, que l'on attaque
Seulement pour son interest,
Et qui s'en vont tourner casaque,
Laisseroient l'habit comme il est.

Turenne, qui, du cœur de Flandre,
Enmène tant de cavaliers,
Ne feroit pas la moindre esclandre
Dessus les choux d'Aubervilliers.

Sur le cheval ou sur l'asnesse,
De mesme qu'avec le charroy,
Tousjours le bon pain de Gonesse
Fera crier : Vive le Roy !

(1) Var. de M. Potocki, T. I, p. 461 : Et tire l'espée du fourreau.
(2)　　　　　Id.　　　　　: C'est un aiglon de qui la mine ‖ Est redoutée avec raison ‖ Mais de la façon qu'il opine ‖ On le prendroit pour un oyson.

(3). François de Vendôme, duc de Beaufort, second fils de César de Vendôme et petit-fils d'Henri IV, né à Paris en janvier 1616, mort le 25 juin 1669 dans une sortie faite avec la garnison de la ville de Candie, assiégée par les Turcs. Forcé de s'enfuir en Angleterre lors de la découverte de la conspiration de Cinq-Mars, il n'en revint qu'après la mort de Richelieu. Devenu chef de la cabale des Importants, il fut arrêté le 2 septembre 1643 et conduit à la Bastille, il s'en évada le 31 mai 1648.

8

Sur Beaupuy.

Couplet.

Petit Beaupuy, quitte-là ton chagrin,
Laisse l'esclat à Monsieur Mazarin.
Les importuns ne sont plus de saison ;
Un chacun dit
Qu'en perdant leur crédit
Ils perdent la raison.

Sur Bonnelle.

Chanson (1649).
AIR II

Je veux croire que ton beau-père
Tette sa chèvre seulement.
Mais, sans estre trop téméraire,
L'on peut en juger autrement (1) ;
Car celle du sieur de Bonnelle (2),
Entre nous, n'estoit point si belle !

L'Eunuque, à qui l'on la confie,
Ne la quitte pas d'un moment
De peur qu'elle se mésallie,
Et l'accompagne incessamment (3) ;
Et l'on ne gardoit pas mieux qu'elle
La chèvre du sieur de Bonnelle (4).

(1) Var. : Ce seroit estre téméraire ‖ D'en vouloir juger autrement. ‖ Mais cela... (Ms. 12 766).
(2) Bonnelle estoit fils de Bullion, surintendant, accusé d'avoir baisé des chèvres. Bautru disoit que Bonnelle s'estant confessé au vicaire de Saint-Eustache, ce prestre dit au sortir du confessionnal « Qu'est-ce ce jeune seigneur calabrois? Vrayment, il parle bon françois ». C'est que les Calabrois sont sujets à ce péché (Ms. 12 726). — Les bons mots de Guillaume Bautru, comte de Serrant, sont célèbres. Né en 1588, mort le 7 mars 1665, il fut conseiller d'Etat ordinaire, introducteur des ambassadeurs, ambassadeur en Flandres, envoyé du roi en Espagne, en Angleterre et en Savoie, et membre de l'Académie française. Voir sur Bautru, notre *Bibliographie des recueils collectifs de poésies libres et satiriques, publiés de 1600 jusqu'à la mort de Théophile de Viau, Paris*, 1914.
(3) Var. : Peur qu'elle ne se mésallie ‖ Et ne recherche un autre amant (Ms. 12 766.)
(4) On ne sait à qui s'adresse ce couplet.

Sur le duc de Candale.

Couplet (1652).

Je boy à monsieur de Candale (1)
Et j'y boirai jusqu'à demain ;
Pour luy toute nostre cabale
Aura tousjours le verre en main.
C'est un gouverneur que j'honore
Et que de tout mon cœur j'adore ;
Mais s'il f..... la Manciny (2)
Morbleu, mon amour est finy.

Sur le maréchal de Clérambault.

Santé (1653).

AIR I

A ce grand mareschal de France (3),
Favori de son Éminence,
Qui a si bien battu Persan,
Palluau, ce grand capitaine,
Qui prend un chasteau dans un an
Et rend trois places par semaine !

Sur Clinchamp.

Couplets

De quatre choses Dieu me garde :
De revoir jamais sa poularde,
Ny de son veau maigre et gluant,
Ny ses noirs pigeons sans substance,
Son grand vilain lièvre quant
Et le conseiller de Provence.

(1) Louis-Charles-Gaston, marquis de la Valette, duc de Candale.
(2) Mademoiselle de Mancini, nièce de Mazarin.
(3) Philippe de Clérambault, comte de Palluau, maréchal de France, né en 1606, mort le 24 juillet 1665 ; mestre de camp général de la cavalerie, 1646 ; lieutenant général, 1648 ; il fut nommé maréchal de France, 1652, après la prise de Montrond sur les troupes de Condé, exploit qui ne coûta guère de sang et qui est longuement raconté dans les *Mémoires de Bussy-Rabutin*.

Clinchamp (1) mérite récompense
Pour tant de repas d'importance,
Tant de vers et tant de chansons.
Priez le bon Dieu qu'il luy donne
De quoy s'acheter des chaussons,
De peur qu'il ne nous empoisonne.

Sur madame de Combalet.

Couplets (1641).

AIR VI

Sire, si vostre frère
Prend pour femme la Combalet (2),
Prenez un Monastère :
C'est vostre fait (3)
Ce mariage
Donne avantage
Au Cardinal qui le fait.

Monsieur dit qu'il enrage ;
Mais le Conseil luy dit tout franc :
Faites le mariage !
Ce que l'on prend (4)
Est bon à rendre ;
Sans plus attendre,
Faut s'accommoder au temps.

(1) Bernardin de Bouqueville, baron de Clinchamp, gentilhomme de Gaston d'Orléans, mort le 17 décembre 1649. *Tallemant* lui a consacré une historiette peu flatteuse, T. VI, p. 115. En voici le début :
« Clinchamp estoit fils d'un gentilhomme de Normandie fort accommodé ; on le tenoit riche de quatorze ou quinze mille livres de rente, Cela fut cause que ce garçon fit beaucoup de dettes, car il trouva du crédit comme héritier d'un homme riche et qui n'avoit que luy de garçon. Il se donna à Monsieur, depuis duc d'Orléans ; il n'a jamais passé pour homme de cœur et a fait en sa vie plus de cent tours de filou ». Tallemant nous a conté plusieurs de ces tours qui ne manquent point de sel. Il ajoute : « il fut enfin réduit en si pitoyable estat, qu'on disoit que le matin il appeloit un crieur d'eau-de-vie, par qui il se faisoit allumer un misérable fagot pour se lever, et que le soir il appeloit l'oublieur pour se faire desbotter ; et il les obligeoit, disait-on, le pistolet à la main ».
(2) Le cardinal de Richelieu s'estoit mis en tête de marier sa nièce mademoiselle de Vignerot, veuve de M. de Combalet, avec Gaston, frère du Roi ; elle a été depuis duchesse d'Aiguillon. Cette chanson n'a paru qu'après la mort du Cardinal (Ms. 12 666).
(3) Var. : C'est votre Bgi Bgi, c'est votre fait.
(4) Id. : Ce que l'on Bgi Bgi, ce que l'on prend.

Sur le Grand Condé.

Couplet à Mademoiselle de Montpensier.

AIR I

Pardonnez-moy, grande Princesse :
Ma pauvre Muse est en destresse ;
Peut-estre qu'elle changera ?
Le grand Prince (1) est dans la Champagne
J'espère qu'elle chantera
Avant la fin de la campagne.

Chanson (1648).

AIR I

Ce Prince, qui sauva la France,
S'appreste à remettre en souffrance
Le Conseiller et le Marchand ;
Mais, quelqu'exploit qu'il puisse faire,
On dira : « Voilà le meschant !
Il a battu son petit frère (2). »

Condé, quelle sera ta gloire
Quand tu gagneras la victoire
Sur le Juge et sur le Marchand ?
Veux-tu faire dire à ta mère :
« Ah ! que mon grand fils est meschant !
Il a perdu son petit frère. »

Montmorency (3), cet homme illustre,
De qui la valeur tient son lustre,
N'a battu Juge ny Marchand ;
Il mesditoit mieux sa colère,
Et passoit pour estre meschant
Sans qu'il battist son petit frère.

(1) Louis de Bourbon, duc d'Enguien dit le grand Condé, qui ne prit ce nom qu'après la mort de son père arrivée le 26 décembre 1646. Cette chanson est adressée à Mademoiselle, on ne sait par qui. Mademoiselle favorisoit ce jeune Prince qui ceste année 1644 fit des prouesses contre les ennemis. (Ms. 12 666).

(2) Le prince de Conti.

(3) Je ne scay pourquoy il est parlé icy du maréchal de Montmorency qui eut la tête coupée le 30 octobre 1632, si ce n'est à cause que sa sœur Charlotte-Marguerite estoit mère du Grand Condé (Ms. 12 666).

Tu dois ménager nos Ministres
Qui d'un cahier de leurs registres (1)
Pourront bien t'envoyer aux champs,
Ces Messieurs sçavent ton affaire
Et sont parfois assez meschants
Sans qu'ils battent leur petit frère.

Condé, vous n'estes pas trop sage
D'exposer vostre grand courage
A cet auguste Parlement ;
Gardez d'irriter sa colère,
Et considérez seulement
Qu'il vous fist et vous peut desfaire (2).

Couplets chantés dans un repas de fronderie.

AIR V

Brave troupe frondeuse,
Voicy le grand Condé !
Que vous estes heureuse
De l'avoir secondé !
Voyez combien il est agréable
Quand il est dans vos repas,
Ne vous charme-t-il pas
En prenant ses esbats?
Sçachez qu'il n'est pas moins formidable
Quand il donne des combats.

Quand le grand Alexandre
Formoit quelque dessein,
Avant que d'entreprendre
Il prenoit du bon vin :
Tu ne cèdes point à son courage,
A sa valeur, à son nom ;
Efface son renom,
Bois de bonne façon
Pour ne luy pas céder l'avantage
D'avoir plus fait qu'un Bourbon.

(1) La naissance de M. Le Prince avoit été disputée (12 666).
(2) Ce vers fait allusion au procès en légitimation du prince de Condé, le père.
Henri de Bourbon, grand-père du Grand Condé, mourut en 1588 ; sa veuve,
Catherine-Charlotte de La Trimouille, fut un moment poursuivie comme étant
coupable de sa mort,

Veux-tu que la victoire
Suive partout tes pas?
Grand Prince, il te faut boire
Et ne te lasser pas.
Le Dieu des buveurs vainquit les Indes ;
Ce Dieu, vaillant comme toy,
Remplissant tout d'effroy,
Les soumit à sa loy ;
Mais il fit plus de cent mille brindes
Avant que d'en estre Roy.

Sur Condé et Mazarin.

Couplet.

Je dis f..... du Prince
Comme du Cardinal,
Puisque dans nos provinces
Ils nous font tant de mal !
Ces deux tyrans nous tourmentent
De différente façon :
Pour chasser les barbons
L'un se sert des Wallons,
L'autre avec la gouvernante
Fait la guerre en caleçons.

Sur Francois Coquet et Francois Paumier.

Couplet (1642).

Paris, que l'on t'est redevable
D'avoir produit à la fois
Un beau couple de françois,
Tous deux vraiment plaisans à table !
François Coquet (1), est le premier

---

(1) François Coquet, contrôleur général des finances, mort à 44 ans en mai 1645. Voici ce que dit Guy Patin de sa mort : « Ces jours passés, fut enterré icy un nommé François Coquet, controlleur de la maison de la Reyne. Il avoit les cheveux blancs, et n'avoit que quarante-quatre ans. Il estoit le plus beau disneur et le plus grand buveur de Paris. Bon compagnon et fort friand... Enfin, il est mort avec grand jugement et grand regret de sa vie passée. Le vin pur qu'il a bu a fait tout cela ».

Comme le plus considérable,
Et le second, François Paumier (1)

Sur Jean Coulon.

Couplet.
AIR I

Coulon'(2) est un fort galand homme,
Et malgré le prestre de Rome (3)
Il nous donne un fort bon repas,
Beaucoup de vin, peu de contrainte,
Ah! que j'ayme le Mardy-gras
Quand il tombe en Semaine Sainte !

Couplet.
AIR XIX

Coulon est dans son lit,
Qui faute d'assistance...,
Coulon est dans son lit,
Qui se br...... le v..,
Reniant cresme et baptesme,
Disant son v.. dans son poing,
Qu'il se f....... luy-mesme
Mais son c... est trop loing (4)

Chanson (1648).
AIR XVII

Je te le dis sans raillerie,
Coulon : il faut baiser les mains
A messieurs de la Fronderie.

Les registres des *Insinuations du Chatelet* contiennent l'acte suivant: donation par Fr. Coquet à Antoinette, Claude, Jean et Jacques Coquet, ses neveux et nièces, de maisons et terres à Pontailler-sur-Saône, à Herrilley-sur-Saône, Maxilly-sur-Saône, etc. — 28 mars 1624 (Y 164, f. 289v).

(1) *Remonstrance faite au Roi par François Paumier sur le pouvoir et l'autorité que sa Majesté a sur le temporel de l'estat ecclésiastique, Paris,* 1650, in-4°.

(2) Jean Coulon, conseiller, célèbre frondeur, avait épousé Marie Cornuel le premier des amants en titre de Ninon de Lenclos.

(3) Var. : Et malgré l'apostre de Rome ou En dépit du Maistre de Rome (12 666).

(4) Dans le Ms. 12 667 ce couplet n. s. est mis à tort sous la date de 1656.

Car, avant qu'il soit la Toussaint,
Tu seras sec ; et tout le monde
Dira, sur le chant de la Fronde :
« Cy gist, de son long estendu,
Coulon, frondeur, qui fut pendu (1) !

Comme on a bien gardé Brousselle (2)
Et transféré le Parlement,
Affamé le peuple rebelle
Et pris Paris dans le moment,
Réduit Bordeaux et la Provence,
Et mis en paix toute la France,
Ainsi nous verrons estendu
Coulon, frondeur, qui fut pendu.

Chanson (1649).
AIR XX

Tuteur des Roys de France,
Coulon, quoy que l'on ayt dit.
Courage ! vous avez du respit
Jusqu'à la potence,
Mais dedans l'avenir je voy enfin pourtant
Un peu de gibet à vostre ascendant.

Vostre charge est très belle :
J'appréhende seulement
Si vous rendez compte exactement
De vostre tutelle,
Que vostre pupille estant devenu majeur
Ne fasse brancher Monsieur son tuteur (3).

Sur d'Alluye.

Couplet.

Gloire soit au marquis d'Alluye
Et au triste Montluc son frère !

(1) Ms. 865 : *C'estoit Clinchamp* et en marge du couplet : *La réponse est de Blot.*
(2) Le 26 août 1648 Comminges arrêta, par ordre de la Reine, Pierre de Brousselle, conseiller de Grand'Chambre, et René Potier, sieur de Blancmesnil,
(3) Ces deux couplets ont donné lieu à la réponse suivante :

Ce sont deux grands donneurs d'ennuy,
Sicut erat Monsieur leur Père (1) ;
Ils le sont et ils le seront
Per saecula saeculorum.

Couplet.

D'Alluye s'en va dans Orléans
Au moindre petit bruit de guerre.
C'est un fort bon gouvernement,
Car il n'est pas sur la frontière ;
Si par malheur il y estoit,
Au diable si on l'y verroit !

Sur le marquis D'Andelot.

Couplet (1648).

AIR II

Quand nous ne serons plus au monde,
Nous n'aurons plus de Dandelots (2) :
Les jeunes gens à teste blonde
Ne se donnent point aux cagots ;
Les bardaches des gens d'Église (3)
Sont sans collet et sans chemise.

Tu pends Coulon en fantaisie,
Tu roues en idée Guyonnet ;
Mais ta brutale frénaisie
N'aura jamais aucun effet :
Un demi-jour de barricade,
Un peu de graine de frondade,
Nonobstant ce grand micmac,
Les garderont bien du tic-tac (12 666).

Ces trois couplets ont pour sujet l'arrestation de Coulon, conseiller au Parlement que la Reine avoit fait arrêter pour l'envoyer à Quimper-Corentin, mais le peuple s'estant mutiné, elle fut obligée de le mettre en liberté (12 666).

(1) Paul D'Escoubleau, marquis d'Alluye et de Sourdis, marié le 16 février 1667 à Bénigne de Meaux de Fouilloux, fille d'honneur de la Reine. Mort le 6 janvier 1690. *Tallemant* lui a consacré une *Historiette*, T. VII, p. 139. Il est question du marquis de Sourdis dans l'*Historiette* de Madame Cornuel, de *Tallemant des Réaux*: « On a fort mesdit du marquis de Sourdis. Enfin, cette amourette (avec Madame Cornuel) s'est changée en une bonne amitié, car elle dure encore. Elle dit de plaisantes choses de cet homme. C'est, dit-elle, un gouverneur d'eau douce. J'appelle ainsi les gouverneurs de la rivière de Loire ».
Henry d'Escoubleau, comte de Montluc, marié à Marguerite Le Lièvre, fille du Président au Grand-Conseil.
Charles d'Escoubleau, marquis de Sourdis, marié à Jeanne de Montluc, comtesse de Cramail.
(2) Gaspard IV, marquis d'Andelot, fut le mari de la célèbre Isabelle-Charlotte de Montmorency, tué le 9 février 1649, devant Charenton.
(3) Et les bougres des gens d'église (Ms. 12 666).

Sur Desnos, apothicaire.

Couplet (1649).

AIR I

Desnos, fameux apothicaire,
De toy je veux prendre un clystère,
M'en deust-il couster un escu !
Je n'en plaindray pas la despense ;
Tu m'as monstré ton éloquence,
Et je te veux monstrer mon cul (1).

Sur Des Roches, capitaine des gardes de M. le Prince.

Couplet.

AIR I

On connoit dans chaque province
Des Roches, qui sert un grand Prince ;
On sçait le courage qu'il a :
Il ne craint canon ny bombarde.
Un jour le Diable le fera
Le capitaine de sa garde (2).

Sur le comte d'Harcourt.

Couplet.

Pour le Grand Escuyer de France
Vous pouvez en toute assurance
Luy mettre le v.. dans le c.. :
C'est un Prince si débonnaire,
Qu'il ayme mieux estre foutu
Que de s'estre mis en colère.

---

(1) Desnos harangua Condé à l'Hôtel de Ville en faveur de la paix. (Ms. 12 666).
Georges Desnos, marchand apothicaire et épicier, bourgeois de Paris, rue de la
Calandre, paroisse Saint-Germain-le-Vieux, marié à Élisabeth Foucault. Donation
mutuelle, 18 novembre 1636 (*Arch. nat.*, Y 177, f. 72v).
(2) Des Roches succéda dans cet emploi à La Roque Monville.

Couplet (1650).

AIR XXI

Cet homme gros et court,
Si fameux dans l'histoire,
Ce grand comte d'Harcourt
Tout couronné de gloire,
Qui secourut Casal et regagna Turin,
Est maintenant recors de Jules Mazarin (1).

Sur Du Boulay.

Couplet.

Tu crains la peine et crois la gloire,
Vieux Boulay (2), tu ne veux point boire :
Ta manière d'agir me f...
La peur en tous lieux t'accompagne ;
Nous sommes bougres de par tout,
Tu n'es bougre que de campagne.

Sur madame la comtesse de Fiesque, estant à Herbaut.

Couplets.

Malgré les beautez d'Herbaut,
La Comtesse (3) a dit tout haut :
« Veut-on m'obliger?
Il faut desloger,
Ou bien je seray malade :
Je ne vis que pour m'affliger.
Loin de mon camarade, au guay !
Loin de mon camarade.

(1) Sur ce que le comte d'Harcourt (Henry de Lorraine) transféra Messieurs les Princes du château de Vincennes au Hâvre le 4 novembre 1650.
(2) Nicolas Bruslart, sieur du Boulay, chambellan de Gaston et capitaine du Luxembourg, il mourut en octobre 1659.
(3) Gilonne d'Harcourt, d'abord marquise de Piennes, puis remariée à Charles-Léon, comte de Fiesque.

Pour quitter cette maison,
Il faut plus d'une raison ;
Disons franchement
Nostre sentiment
Et le sujet qui me presse
De m'en retourner promptement :
C'est pour voir ma Princesse, au guay !
C'est pour voir ma Princesse.

Sur Fontrailles.

Couplet (1642).

Fontrailles (1), le fichu repas !
Tout l'entremets y estoit gras,
Tout le rosty en estoit maigre.
Je déteste ce cabaret
Où l'on nous donne du vinaigre
Qu'on travestit en vin clairet.

Chanson.

AIR I

Hé quoy ! pouvons-nous voir Fontrailles (2),
Ce puissant dévot des crevailles,
Ce grand protecteur du piot,
Ce desbauché illustre et rare,
Jeusner ainsi qu'un idiot,
Et f..... ce fichu Cornare (3) !

---

(1) Louis d'Astarac, marquis de Marestang, vicomte de Fontrailles. — Madame de Motteville, dans ses *Mémoires* (II, 197) dit « qu'il empoisonnait d'athéisme tous ceux qui le pratiquaient familièrement... » Tous les intimes de Claude de Chauvigny, baron de Blot-l'Église, apparaissent à peu près aussi dangereux que lui ; la génération qui avait atteint l'âge d'homme au lendemain de la mort de Théophile était nettement areligieuse, quand elle n'était pas athéiste.

(2) Blot fit ces couplets sur Fontrailles, qui s'estoit sauvé en Angleterre, lorsque MM. de Thou et de Cinq-Mars furent arrêtés pour leur négociation avec les Espagnols en 1642. C'estoit Fontrailles qui avoit porté le Traité de Madrid (Ms. 12 666).

(3) Louis Cornaro, patron des Cornariens, était à quarante ans épuisé par des excès de toute espèce et abandonné des médecins, quand il se soumit à un régime des plus sévères. Il se contentoit d'un demi-jaune d'œuf par repas. Il vécut près d'un siècle. A quatre-vingts ans, il fit un livre : *Conseils pour vivre longtemps.* Var. : Ce débauché d'illustre race ‖ ..... ‖ Et f..... une grande connasse (Ms. 12 666).

Fontrailles, sans grande révérence (1),
Torcha son cul d'une indulgence
Et mesprisa la station ;
Mais le Seigneur luy bailla belle,
Car il en souffrit passion
Entre les mains de Pimpernelle (2).

Quoy qu'à son retour d'Angleterre
Il ne vuidast jamais le verre
Que remply de décoction,
Je n'en dis pas une parole ;
Mais je suis dans l'affliction
De le voir sobre et sans vérole.

Chanson (1649).

Cher amy Fonteraille,
Vis-tu jamais un marmouzet
Ny visage qui vaille
La Fieubet (3),
La Fieubet?
Pilou (4) luy cède ;
Elle possède
Tout ce que le monde a de laid.

Chanson (1651).

Célébrons tous à haute voix
L'humilité du Roy des Roys
D'estre descendu aux entrailles
De Fonterailles *(bis)*.

Tu l'as au prestre dérobé,
Ce pauvre petit nouveau-né ;
Il estoit bien mieux à la crèche
Sur paille fraische *(bis)*.

(1) Var. : Fontraille, dedans la souffrance (Ms. 12 666).
(2) Fameux chirurgien.
(3) Femme de Gaspard Fieubet, trésorier de l'Épargne.
(4) Anne Baudesson, femme de Jean Pilou, procureur au Chatelet (1578? 1668).
Tallemant lui a consacré une historiette, T. IV, p. 350. — Madame Pilou, laide
comme le diable, n'était pas moins célèbre par ses bons mots que par son excel-
lent esprit. Elle mourut le 4 juin 1668, dans une maison de la rue Saint-Anthoine.

Sur Nicolas Goulas, sieur de La Mothe.

Chanson (1645).

AIR XXII

J'ay ouy Goulas (1) jurer
L'escritoire qu'il porte,
Qu'il vouloit avancer
Ce Monsieur de La Mothe.
Monsieur ayme cet homme,
Il en fait si grand cas
Qu'il l'a fait gentilhomme
(Car il ne l'estoit pas.)

Courtisans, vous bruslez
Près de Monsieur vos bottes,
Si vous ne courtisez
Monseigneur de La Mothe.
Monsieur ayme cet homme,
Il en fait si grand cas
Qu'il l'a fait gentilhomme
(Car il ne l'estoit pas.)

Sur Grognet.

Chanson (1652).

AIR IV

Qu'on m'apporte un verre net,
D'Avenet,
Pour boire à mon cher Grognet (2) !
Il est homme de mérite,
Vérolé et Sodomite.

(1) Nicolas Goulas, sieur de La Mothe, intendant de Gaston d'Orléans, auteur de *Mémoires* publiés par la *Société de l'Histoire de France*, 3 vol. in-8. Il naquit à Paris, le 14 mai 1603 et mourut le 3 avril 1683. Il était le second des neuf enfants de Jehan Goulas, seigneur de La Mothe, secrétaire du roi ; sa mère, Marie Grangier, était fille de Jehan Grangier, seigneur de Liverdis. Il est possible que Tallemant ait eu en vue son cousin Léonard Goulas, secrétaire des commandements de Gaston d'Orléans, né le 2 octobre 1594, mort le 19 juillet 1661. Ayant perdu son père peu de temps après sa naissance, ce fut Jehan Goulas, le père de Nicolas, qui prit soin de lui et le fit entrer dans la maison du frère du roi.
(2) Probablement Groignet de Vassé.

Sur le pape Innocent X.

Couplet.

AIR I

Maugrebieu du sacré collège !
Gerny dieu du foutu cortège !
Quoy ! me prend-on pour un oyson (1),
Moy, qui ne croy point d'Évangiles,
Je me f... bien qui ait raison
Des Barberins ou des Pamphiles (2).

Couplet (1648).

AIR I

Le Pape f... la dame Olympe (3)
Le cardinal Patron la grimpe :
L'un la f... en c.., l'autre en c..
Pour s'exercer en ce manège
  Elle répète sa leçon
  Avecque le Sacré Collège.

Sur le marquis de La Caze.

Couplet (1649).

AIR I

Monsieur le marquis de la Caze,
Vostre nom ryme avec emphaze.
Pour vous traister plus dignement,
Je vous rimeray sur Pegaze ;
Mais si vous grondez seulement,
J'y trouverois un grand viédaze.

(1) Var : Maugrebieu du foutu Cortège ‖ Et de tout le Sacré Collège ‖ On me prend bien pour un oyson (12 666).
(2) Var : Que m'importe qui ait raison ‖ Des Cardinaux ou de Pamphile.
   Le cardinal Pamphile (Innocent X) fut élu pape en 1644 ; il chassa de Rome les neveux de son prédécesseur Urbain VIII, qui s'appeloient Barberins, parce qu'ils s'estoient opposés à son élection (Ms. 12 666).
(3) Dona Olympia, belle-sœur d'Innocent X qui estoit un Pamphile ; elle a eu beaucoup de crédit sous son pontificat, qui dura de 1644 à 1655. Elle disoit un jour à un galopin qui l'exploitoit : *amato colbo faroti far cardinale* (Ms. 12 666).

Sur un aisné des La Feuillade, qu'on appeloit le Cochon.

Couplet.

La Feuillade, petit rousseau,
  Ne vaut rien pour bardache ;
  Personne ne le trouve beau
  Avec son poil de vache (1).
  Nature l'a fait si maudit
  Qu'il n'est bon qu'à bransler le v...

Couplet.

AIR XVII

Vostre esprit est aussy malade
Que l'est celuy de la Feuillade (2).
L'on vous mesprise avec raison ;
Et si quelque chose ressemble
Beaucoup aux Petites-Maisons,
C'est de nous voir tous deux ensemble.

Sur La Moussaye.

Couplet (1649).

AIR I

La Moussaye (3), que tu es blasmable !
Pour Charenton quitter la table,
Sans gouster le plaisir du vin,
De crainte qu'on ne t'y rattrape.
Mon cher amy, fais pour Calvin
Ainsi que je fais pour le Pape (4) !

(1) Var : Avec son poil de vache · ‖ Est un ridicule museau ‖ C'est un bransle moustache.
(2) Var : Vostre esprit est desjà malade ‖ Comme celuy de La Feuillade (12 666).
(3) **Amaury Goyon**, marquis de La Moussaye, gouverneur de Stenay, mort en novembre 1650 ; il avait épousé Catherine de Champagne. Il eut pour fils le comte de Quintin.
(4) Ces deux derniers vers se retrouvent dans une autre chanson de Cyrano de Bergerac, voir plus loin *Chansons des amis de Blot.*

Sur le vicomte de Lestourville (1).

Couplet.

Il ne manque point de deniers,
Il a du bled dans ses greniers,
Il boit sans mesure et sans compte,
Je l'ayme mieux que vous, monsieur,
Il est laboureur et vicomte,
Il est vicomte et laboureur.

Sur Malicorne.

Triolet.

C'est un tigre affamé de cœurs
Que l'agréable Malicorne (2).
Prudes, fuyez ses airs vainqueurs :
C'est un tigre affamé de cœurs.
Aux femmes il cause des langueurs,
Aux maris il plante des cornes.
C'est un tigre affamé de cœurs,
Que l'agréable Malicorne.

Sur Monsieur de Metz.

Couplet.

AIR XXIII

Monsieur de Metz (3), prélat insigne,
Que nous avons tous jugé digne

---

(1) Le vicomte de Lestourville figure dans l'état de la Maison de Gaston d'Orléans à la date de fin 1644, comme gentilhomme de la Chambre aux gages de
1.800 livres tournois.

(2) C'est pour Malicorne que mademoiselle de Pons fut infidèle au duc de Guise ;
il était frère du chevalier de Hautefeuille.

(3) Henry de Bourbon, duc de Verneuil, fils naturel d'Henri IV, né en octobre
1601, mort le 28 mai 1682. Légitimé en 1603, il fut pourvu en 1608 de l'évêché de
Metz, dont il ne se démit qu'en 1632, et de l'abbaye de Saint-Germain des Prés ;
chevalier des Ordres en 1662, duc et pair le 15 décembre 1663, avec le titre de duc
de Verneuil, il reçut en 1665 une mission extraordinaire en Angleterre. Il avait
épousé en 1668, Charlotte Seguier, veuve du duc de Sully. — Ce couplet a été
mis, à tort, sous la date de 1658, dans le Ms. 12 667.

De n'aller point en Paradis (1),
A si fort changé de manière
Qu'il fait maigre les Vendredis
Et qu'il engraisse son bréviaire.

Sur Monlieu.

Couplet.

Voir Monlieu donner sur la longe,
Il me semble que c'est un songe.
Il estoit dans le repentir
Et mesme dans la frénésie ;
Mais le bon sang ne peut mentir :
Il est las de l'hypocrisie.

Sur madame de Montbazon.

Couplet (1643).
AIR XXIV

Belle de Montbazon (2)'
. Vous avez bien raison
D'en vouloir à nos Princes (3) :
De Lorraine et Bourbon
Vous ont mise en renom,
Dans toutes nos provinces.

---

(1) Var : Et qu'on n'avoit jamais cru digne ‖ D'entrer dedans le Paradis.

(2) Marie d'Avaugour de Bretagne, seconde femme d'Hercule de Rohan, duc de Montbazon, belle-mère de madame de Chevreuse ; elle avait pour amants le prince de Condé, le comte d'Harcourt, le maréchal d'Hocquincourt, le duc de Beaufort, etc. ; elle s'appelait avant son mariage mademoiselle de Vertus. Sa mère, Catherine Fouquet, mariée à Claude de Bretagne, comte de Vertus, était née vers 1690. Marie de Bretagne était fort jeune et en religion, dit Tallemant, quand le bonhomme de Montbazon l'épousa, c'est pourquoi il l'a toujours appelée « ma religieuse ». Voici à son sujet une anecdote curieuse : « Un extravagant rimeur et chanteur, qu'on appelle M. D'Enfant, devint amoureux d'elle et, un jour qu'on lui arrachait une dent : « Misérable mortel que je suis, s'écria-t-il, j'ai toutes mes dents et on va en arracher une à cette divinité ! » Il part de la maison et s'en alla faire arracher seize ».

(3) Louis de Bourbon, comte de Soissons, le duc de Chevreuse, qui avoit acheté ses bonnes grâces cent mille livres, et lui avoit fait une donation (Note tirée d'un ancien manuscrit). — Louis de Bourbon, comte de Soissons, le duc de Beaufort et le duc de Chevreuse.

Sur Moulin-Robert.

Couplet.

Que le sieur de Moulin-Robert (1)
Dit de vaines paroles,
Et que c'est un seigneur expert (2)
A conter fariboles !
Pour ne pas connoistre s'il ment,
Il faut être plus allemand
Que Jean de Werth.

Sur Ninon de L'Enclos.

Chanson (1650).
AIR I

Malgré ma maudite luette
Qui rend ma Muse un peu muette,
Puis que l'adorable Ninon (3)
Trouve bon qu'on chante en caresme,
Je ne luy diray jamais non.
Plust à Dieu qu'elle en fit de mesme !

Sur Antoine de Noailles.

Couplet.

Que Noailles (4) soit bon garçon,
Qu'il raille de bonne façon
Et qu'il soit une rude lame,
Pourvu que j'aye son chien courant
Et que je couche avec sa femme,
Tout cela m'est indifférent.

---

(1) C'est Moulin Robert, gentilhomme, qui bâtonna Javerzac pour le compte de Balzac (voir *Tallemant, Historiette de Balzac*, T. IV, p. 90).
(2) Var. : Pour Monsieur de Moulin-Robert, ‖ Cet homme d'hyperboles, ‖ On nous dit qu'il est fort expert ‖ A conter fariboles...
(3) Anne de Lenclos ou L'Enclos, dite Ninon, née, en novembre 1620, de Henry de Lenclos et de Marie Barbe de La Marche, morte le 17 octobre 1705.
(4) Antoine de Noailles, comte d'Ayen, mort en 1645.

Sur Monsieur de Passy.

Couplet (1653).
AIR V

Monsieur de Passy, fils de Monsieur de Passy,
De Monsieur de Nielle (1) est le meilleur amy,
En se voyant, ils ne se disent rien,
Ils font fort bien
Car un long entretien
Entr' eux ne vaudroit rien.

Sur le chevalier de Rivière.

Le chevalier de Rivière à Blot (1652).

Dans les plaisirs, amis, soyez plongés
Tant que les jours nous seront prolongés.
Pour ce que l'on vaut après le trespas,
Nous le sçaurons
Et nous en parlerons,
Quand nous serons là-bas.

Réponse de Blot.

Cher Chevalier, de ton madrigalet,
Par la morbleu ! je suis mal satisfait.
Tu doutes donc, moy je ne doute pas ;
Car je sçay bien
Que nous ne serons rien
Après nostre trespas.

Blot au chevalier de Rivière (1652).
AIR I

Mon cher chevalier, que je t'ayme !
Tu ne fais jamais de caresme,
Tu n'entens messe ny sermon,
Bible pour toy n'est que chimère ;

(1) Valet de chambre du roi.

Tu n'as jamais f.... de c...,
Et fy ! tu ne vaux pas ton père !

Sur Romainville.

Couplet (1648).
AIR II

Romain, que j'ayme et que j'estime,
Est un bon bougre abandonné ;
Il n'a point en horreur le crime,
J'espère qu'il sera damné ;
J'en ay une joye infinie
Car nous nous tiendrons compagnie (1).

Couplet (1650).

Pour bien gouster tous les délices
Il faut, Saint-Phal, Blot et Romain,
Passer la nuit entre deux cuisses,
Et tout le jour entre deux vins.

Chanson (1649).
Sur l'air de Graveline.
AIR II

Le chancre du cher Romainville
A nostre commerce interdit ;
Quelle sureté dans la ville

(1) Var. Leuville, le seul que j'estime ‖ Des parens que Dieu m'a donné, ‖ N'eut jamais d'horreur pour le crime...
La mère de Blot était Marie, fille de Jean Olivier de Leuville, baron de La Rivière ; Blot doit s'adresser à Louis Olivier, marquis de Leuville, son cousin, marié à Anne Morand.
Romainville ne nous était connu que par une anecdote de Tallemant : « Un jour Romainville, illustre impie, estoit à l'extrémité, un cordelier vint pour le confesser. Le chevalier de Roquelaure, son ami, qui était auprès de lui, prend un fusil et, couchant le Père en joue, lui dit : « Retirez-vous mon Père ou je tire, il a vécu chien, il faut qu'il meure chien. » Cela fit tellement rire Romainville qu'il en guérit. » Mais voici un renseignement plus précis :
« Jean de Férie, écuyer, sieur de Romainville, gentilhomme ordinaire de Monseigneur, frère unique du roi, capitaine d'une compagnie de chevaux-légers, et Jean de Hac, écuyer, sieur de Beaufort, lieutenant d'une compagnie de chevaux-légers, son frère, demeurant à Paris, paroisse Saint-Nicolas du Louvre, se trouvant actuellement en garnison à Amiens, y demeurant en la maison et hôtellerie où pend

Si le c... donne mal au v...?
C... et c..., je vous fais la nique ;
Désormais, je bransle la pique.

Imitez Henri, ce bon homme ;
Il vous donnera des leçons,
Car il n'enc.... ni n'enc....,
Et n'a que la main des garçons.
Il s'escrie en branslant la pique :
« C... et c..., je vous fais la nique (1) ! »

Chanson.

AIR XXV

Les bougres de ces lieux,
Ravis en extaze,
En rendant grâces aux Cieux
Chantoient avec emphaze :
« Dieu, qui tira de la poussière
Le genre humain,
Conservez-nous la bougrinière
De Saint-Romain (2) ».

Pour ne te rien celer,
Toy qui me foutimasse,
Je ne puis chevaucher
De si laides carcasses.
Car si je n'ay que Barbezière
Et que Gourdon (3),
Je m'en tiens à la bougrinière
De Bauffremont (4).

pour enseigne : L'Escu de Ponthieu, donation mutuelle, 1ᵉʳ mars 1643 (*Arch. nat., Insinuations du Chatelet*, Y 183, f. 43v). On trouvera cet acte à l'*Appendice*.
    Romainville figure sur l'État de la maison de Gaston d'Orléans (fin 1644) au titre de gentilhomme ordinaire, servant par quartier, aux gages de 1.000 livres.
(1) Je m'en vais me br... la pique ‖ C... et c... je vous fais la nique.
(2) Var. : Du chef de Saint-Romain (Romainville).
(3) Magdeleine de la Bazinière, dite madame de Barbezière, à qui Tallemant a consacré une *Historiette*, T. IV, p. 438 ; Gourdon, une des filles de la Reine. — François de Barbezière, frère de Mademoiselle de Chemerault, fut décapité en place de Grève, le 5 octobre 1657, pour avoir enlevé le financier Girardin ; sa femme, Magdeleine Bertrand, était fille de Macé Bertrand, trésorier de l'Epargne, mort vers 1643, et de Marguerite de Vertamont ; la sœur de Magdeleine, Marie, avait épousé Guillaume Bautru, comte de Serrant, conseiller du roi et chancelier du duc d'Orléans.
(4) Depuis duc de Foix.

Sur Romainville et Jumeau.

Couplet.

De Romainville et Jumeau,
Animaux,
Font des repas inégaux ;
Moy, je mange mon éclanche,
Vendredy *(bis)*,
Samedy comme dimanche.

Sur un curé.

Couplet du marquis de Saint-Hérent (1).

Voyez-vous ce brave curé?
Il n'a point la mine hypocrite,
C'est un fidelle réprouvé.
Voyez-vous ce brave curé?
Il est un ivrogne avéré,
Incrédule et grand sodomite.
Voyez-vous ce brave curé ?
Il n'a point de mine hypocrite.

Réponse de Blot.

Tu es un curé fort exquis,
Je n'en connois point de plus sage ;
Je suis ton serviteur acquis,
Tu es un curé fort exquis.
Mais pour ce que dit le Marquis,
J'en crois encore davantage ;
Tu es un curé fort exquis,
Je n'en connois point de plus sage.

(1) Le N° 12 de la *Muse de la Cour* du 20 mars 1658 est dédié au marquis de Saint-Héran. Ce numéro paraît être le dernier qui ait paru de la *Muse de la Cour*, il est probablement du comédien Rosimond qui s'était fait un moment gazetier. Dans les stances qui précèdent cette gazette, l'auteur dit du marquis de Saint-Héran qu'il passe « Et pour un grand courage et pour un bel esprit », et, plus loin : « Et de plus dans la chasse, et de plus dans la Cour. [...] Vous faites triompher et l'adresse et l'amour ». Il est vrai qu'on ne peut guère se fier au témoignage des rimeurs à la semaine qui attendaient de leur épître hebdomadaire quelques pistoles toujours bien accueillies.

Sur madame de Saint-Loup.

Couplet.

AIR XXIII

Saint-Loup, vostre esprit s'embarrasse
Entre l'amourette et la grâce,
Ce qui cause vostre chagrin ;
Si vous aymez le blond Candale (1),
Redoutez le Père Singlin (2),
Et Port-Royal et sa Caballe.

Sur Saint-Maigrin.

Chanson (1651).

Le pauvre Saint-Maigrin (3) de tout son cœur enrage
D'aller faire un voyage
Que luy cause sa sœur ;
Car il est l'antipode de sa coquette humeur.

Il ne ressemble pas au marquis de La Caze,
Qui fait des paraphrases
Quand il fait les yeux doux ;
Car il est l'antipode de ce fier jaloux.

Sur madame de Saugeon.

Couplet (1652).

AIR XXVI

Vous me traitez ainsy qu'une tigresse,
Vous avez tort, madame de Saugeon,

(1) Candale quitta madame de Saint-Loup pour la célèbre comtesse d'Olonne...
(Paulin Paris). Mademoiselle de La Roche-Posay, l'une des deux filles de Jean
Chasteignier, sieur de La Roche-Posay, et de Diane de Fervacques ; elle avait
épousé un sieur Le Page à qui elle fit acheter la terre de Saint-Loup en Poitou.
Tallemant lui a consacré une *Historiette*, T. VI, p. 171 (Le Page).
(2) M. de Singlin, un des plus célèbres jansénistes du second plan, ami et direc-
teur de toutes les nobles pénitentes de Port-Royal.
(3) Jacques Estuer de Caussade, marquis de Saint-Maigrin, tué en juillet 1652
au combat de Saint-Antoine.

Je prie Dieu, je vais bien à confesse,
Je ne bois plus, et je vis de goujon (1) ;
Je n'ay battu feuillant, ny baisé feuillantine (2),
Pourquoy me faites-vous si grise mine ? (3)

Couplet.

Remenecour (4), Saugeon, Serville
Sont toutes trois allées en ville
Pour relancer leur confesseur
Et faire les mères Thérèses.
Mais hélas ! mon Dieu, j'ay grand peur
Que ce soit à la bigarnaise.

Sur le comte de Soissons.

Couplet (1638).
AIR VI

Je tiens monsieur le Comte (5)
Homme d'honneur et de vertu
Mais je fais moins de compte,
       Que d'un festu
       Du bransle-pique (6)
       Du frère unique (7)
Et mesme du bègue cornu (8)

(1) Var. : Je ne bois plus, je suis gobe-goujon.
(2) Allusion à la fameuse chanson des *Feuillantines* de l'abbé Laurent de Laffemas, fils du célèbre Isaac de Laffemas.
(3) Blot fit ce couplet sur le champ à Blois par ordre de Gaston d'Orléans auprès duquel madame de Saugeon, dame d'honneur de Madame, et personne très dévote insistoit pour qu'il chassât Blot ; elle l'accusoit d'avoir été d'une débauche à Blois où l'on avoit enyvré et battu un feuillant (12 666).
(4) Mademoiselle de Remenecour à qui Mademoiselle (de Montpensier) donna une pension de mille louis.
(5) Louis de Bourbon, comte de Soissons, pair et grand maître de France, né le 11 mai 1604, grand-maître après son père en 1612, chevalier de l'ordre du Saint-Esprit en 1620 ; tué à la bataille de La Marfée le 6 juillet 1641.
(6) Henri de Bourbon, prince de Condé (12 666).
(7) Gaston d'Orléans.
(8) Le bègue *cornu* ou *foutu*, c'est Louis XIII.

Pour Monseigneur le Comte	Du frère unique,
Il n'a ni vice ni vertu,	Du bransle pique,
Et j'en fais moins de compte	Et de nostre bègue foutu.
Que d'un Bgi Bgi, que d'un festu,	. . . .

Sur la comtesse de Sourdis.

Couplet

Belle Philis, vous estes blanche et blonde,
Vous chantez bien, vous avez de l'esprit :
Vous avez l'air le plus galant du monde,
Vous me charmez quand vous faites un récit ;
Vous avez dans les yeux une douceur extresme,
Jugez après cela si je vous ayme (1).

Sur Turenne.

Chanson (1651).

De tous nos amis qui disnent chez Prudhomme,
Turenne, je plains qui vit selon sa loy ;
Car de fausser les préceptes de Rome,
C'est un des plus grands plaisirs selon moy.

Bény soit celuy qui nous l'a deffendu !
La viande n'est pas sy bonne le jeudy,
Et nous avons là-dessus prétendu
Le doux plaisir de rompre un vendredy

Sur Vigeon.

Par le Chevalier de Rivière et Blot.

AIR II

Lors que Vigeon (2) vit l'assemblée,
Qui l'assistoit dans son malheur,

---

(1) Dans les *Airs et Vaudevilles de Cour*, ce couplet a été reproduit, mais anonyme, il est suivi du même couplet retourné.

(2) Sur un maître d'école nommé Vigeon (ou Le Vigean), brûlé pour avoir f..... des poules, 1649. Ce Vigeon avait été auparavant valet de chambre du comte de Gramont. Saint-Pavin a fait sur lui un sonnet reproduit dans les *Sonnets gaillards et priapiques*, 1903, p. 32, et dans le cahier supplémentaire des *Disciples et Successeurs de Théophile de Viau, La vie et les poésies libertines de Des Barreaux et de Saint-Pavin*, 1911.

Sur les cinq couplets de cette chanson, les deux premiers et les deux derniers sont du chevalier de Rivière, le troisième seulement est de Blot.

Le comte, puis duc de Gramont (1604-1678) passait pour le plus grand sodo-

D'une voix forte et non troublée
Il luy dit : « Vous me faites honneur ;
Vrayment voylà bien de la foule
Pour un simple f...... de poule !

« Quoy Messieurs ! quand ceste potence
Devroit soustenir aujourd'huy
Bautru (1), ce grand bougre de France,
Vous n'en feriez pas plus pour luy.
Vrayment voylà bien de la foule
Pour un simple f...... de poule !

« Si c'estoit le duc de Vendosme,
Fils naturel d'un très grand Roy,
Premier marguillier de Sodome,
Vous n'en feriez pas plus qu'à moy.
Vrayment voylà bien de la foule
Pour un simple f...... de poule !

« A Dieu, au Roy, à la Justice,
Je veux bien demander pardon ;
Mais je souffriray le supplice
Sans m'excuser auprès du c....
Je veux mourir en galant homme,
A Paris, comme on fait à Rome. »

Blot au Chevalier de Rivière sur le supplice de Vigeon.

Mon cher chevalier de Rivière
Enfin je me suis consolé,
S'il ne l'eust fait que par derrière
Jamais il n'eust esté brûlé ;
Mais puis qu'il prend la volaille
Parbleu, j'eusse allumé la paille !

———————

mite du royaume ; c'était également un libre esprit si on en juge par cette épi-
gramme qu'on lui prête :
   Mais puisque mon destin ne se peut reculer,
  Des sacremens, Monsieur, cessez de me parler
    Qui n'a plus un moment à vivre
    N'a plus rien à dissimuler.
(1) Guillaume Bautru, comte de Serrant (1588-1665).

E) Chansons diverses, etc.

Chanson (1649).

Que tu nous donnes de tourment,
Factieux Parlement !
Que tes arrests
Sont ennemis de tous nos interests !
Le Carnaval a perdu tous ses charmes ;
Tout est en armes,
Et les Amours
Sont effrayés par le bruit des tambours.

La guerre va chasser l'Amour ;
Mesme de nostre Cour
Et de Paris
La peur bannit et les Jeux et les Ris.
Adieu le bal ! adieu les promenades !
Les sérénades !
Car les Amours
Sont effrayés par le bruit des tambours.

Mars est un fort mauvais galant ;
Il est insolent,
Et la beauté
Perd tous ses droits auprès de sa fierté.
On ne sauroit accorder les fleurettes
Et les trompettes ;
Car les Amours
Sont effrayés par le bruit des tambours.

Mars oste tous les revenus
A dame Vénus ;
Nos chères sœurs
N'ont à présent ni cadeaux, ni douceurs (1).

---

(1) Var. : N'ont plus d'argent et n'ont plus de douceurs. — Cette chanson fut faite en mars 1649, après la prise de Charenton, au moment où tous les passages qui permettaient de ravitailler Paris étaient interceptés.

On séduiroit pour un sac de farine
La plus divine ;
Car les Amours
Qui sont enfans, veulent manger tousjours.

Chanson.
AIR XXVII

Or escoutez, pauvres françois,
Les tristes accents de ma voix ;
Mon infortune est sans exemple,
Venez, gens de robe et de cour :
C'est la pauvre,eschelle du Temple (1)
Qui vous appelle à son secours.

Je faisois trembler autrefois (2)
Le courtisan et le bourgeois ;
Tous ceux qui passoient par la rue,
Les filoux et les garnemens (3),
Devant moy faisoient pied de grue
Par la crainte des chastimens.

Mais maintenant, à mon malheur,
Je suis sans force et sans vigueur :
Hélas ! je n'ay plus de courage,
Et, dans le mal que je ressens,
Tous les laquais et tous les pages
Me font les cornes en passant.

Ce sont ces Messieurs du Marais
Qui m'ont causé tant de regrets,
Fontraille, monsieur de Rouville,
Candale, Brissac et Jarzé,
Coulon et le marquis de Ville,
Camus qui m'ont ainsy traité.

Pour assurer les combattans
Et les rendre des plus vaillans,

---

(1) Lors que Messieurs du Marais la brûlèrent. Cette « échelle » fait l'objet de la stance LXXXIX du fameux poème de Claude Le Petit : *Paris ridicule.*
(2) Haute justice du Temple à Paris comme sont les fourches patibulaires.
(3) Var. Le Conseiller et le marchand ‖ ..... ‖ ... du chastiement.

Candale y desploya sa langue,
Et, d'un ton qui n'a point d'esgal,
Leur fit une belle harangue
En qualité de général.

« Messieurs, dit-il, si nostre Roy
Ne vous a pas donné d'employ,
Sans que vous sortiez de la France,
Vous avez au devant des yeux
Un sujet assez d'importance
Pour rendre vos noms glorieux.»

Pour assurer ce coup d'estat,
Ils en passèrent un contrat
Dont Camus (1) fut le secrétaire,
Par son zèle luy témoignant
Qu'il est digne fils de son père
Et comme luy fort obligeant.

Fut présent le grand général,
Le brave et généreux Candal,
Rouville, sergent de bataille,
Jarzé, son maréchal de camp ;
Et le malheureux de Fontraille
Eut la qualité d'intendant.

Aussytost dit, aussytost fait,
L'on joinct la parole à l'effet :
Nostre grand général d'armée,
Sans peur de morts ny d'accidens,
Brusquement, la main à l'espée,
Tout le premier donna dedans.

L'on vit après, de toutes parts,
Accourir tous les jeunes gars,
Qui, ayant la main à l'espée,
Jeunes et vieux, petits et grands,
Plus rudement qu'à La Bassée
Choquèrent le monstre arrogant.

Pendant tout ce fascheux combat
Le brave et généreux soldat

(1) Camus, fils de notaire (12 666).

Claquenelle (1), l'apothicaire,
Quoy qu'il ne fut du compromis,
Accourut avec un clystère
Pour combattre les ennemis.

Cependant, on voyoit de loin
Le pauvre Coulon, dans un coin,
Qui, regardant cette entreprise
A genoux, sous un petit toit,
Joignoit les mains, comme Moyse,
Lors que la troupe combattoit.

Epigramme sur un grand seigneur.

Cy gist, n'en ayez point de peur,
Le grand Damon qui nous apprit
Qu'un homme peut vivre sans cœur,
Et mourir sans rendre l'esprit.

---

(1) Claquenelle, maître chirurgien, bourgeois de Paris, figure comme témoin au contrat de mariage de Fr. Blondel, docteur régent de la faculté de médecine de Paris, et de Marie Blaise, fille de Thomas Blaise, juré libraire, 30 juin 1641 (*Arch. nat., Insinuations du Chatelet*, Y 230, f. 332v).

CHANSONS DES
AMIS DE BLOT

Bassompierre (maréchal de).

Sur Richelieu (1642).

Richelieu (1) prolonge son sort
Alors que chacun le croit mort,
Et meurt lors que moins on y pense.
Quel plus grand fourbe peut-on voir ?
Il a trompé toute la France,
Et trompe nostre désespoir.

Charles de Besançon (2).

Couplet (1631).

AIR XXVIII

Gaston, qui sçavez mieux que nous
Tous les secrets de la taverne,
De celuy-cy souvenez-vous,
Ou bien je crains qu'on ne vous berne:
Ma foy, ne faittes pas le veau,
Frappez si fort qu'on vous entende (3),

---

(1) Épitaphe de Richelieu avant sa mort. Cette pièce donnée au maréchal de Bassompierre par le Ms. 538 du Musée Condé, est attribuée à tort à Blot dans le *Nouv. siècle de Louis XIV*, de Sautreau de Marsy, I, p. 9).

(2) **Charles de Besançon**, de Bazoches, fils de Charles de Besançon, seigneur de Souligné et de Bouchemont, gentilhomme de la Chambre de Catherine de France, duchesse de Bar, et de Madeleine Horric. Né entre 1595 et 1599, mort en 1669. Il avait épousé, le 30 juin 1619, Marie d'Héricourt, fille de Charles d'Héricourt, maréchal de camp, seigneur de Courcelles, et de Catherine d'Anglure, dont il eut un fils Charles et une fille Marie. Ce Besançon est l'auteur de la *Satyre du Temps* publiée pour la première fois à la suite de *L'Espadon satyrique. Par le sieur Desternod, Lyon, Jean Lautret*, 1622 (troisième édition de *L'Espadon*). Il est également l'éditeur du fameux *Cabinet satyrique* de 1618 que nous avons attribué par erreur à Charles de Beauxoncles, le parent de Sigognes, les initiales C. D. B. le désignent certainement. Besançon a été, dans son adolescence, l'ami de Claude Desternod, de Théophile, de Berthelot et autres libertins de marque ; c'est dans les cabarets de Paris, où leur troupe joyeuse se réunissait, qu'il a fait leur connaissance. Après la mort de Théophile, à qui il avait dédié sa *Satyre du Temps*, son existence a été très mouvementée. Nous donnerons dans notre Supplément à la *Bibliographie des recueils collectifs de poésies libres et satyriques publiés de 1600 à 1626*, une notice sur Charles de Besançon qui justifie l'attribution que nous lui faisons du *Cabinet satyrique* et qui explique l'erreur dans laquelle est tombé Tricotel au sujet de l'auteur de la *Satyre du Temps*. Il a bien existé un Nicolas Besançon, mais celui-ci n'a eu aucune relation avec Théophile de Viau,

(3) Var. : Frappez si haut qu'on vous entende.

Puisqu'au seul tac, tac du couteau
On a tout ce que l'on demande **(1)**.

Le Grand Condé.

La chanson suivante fut faite par le duc d'Enghien lorsqu'il descendit le Rhône avec le marquis de La Moussaye (1643). La Moussaye parle et Condé répond (Ms. 12 666).

AIR XXIX

Carus Amicus Mussaeus :
« Bone Princeps, Quale tempus !
Lanlanladerirette
Imbre sumus perituri,
Lanlanderiri.

« Securae sunt nostrac vitae :
Sumus enim Sodomitae,
Lanlanladerirette
Igne tantum perituri,
Lanlanderiri (2).

Chanson (1643).

AIR XXX

Je bois à toy, mon cher Marsin (3) *(bis)* ;
Je crois que Mars est ton cousin *(bis)*,

(1) Cette chanson est une allusion à un ancien vaudeville qui commence : *Que le cabaret a d'appas*, ceci est un conseil que ceux du parti de Gaston lui donnèrent (12 666). Il avait paru dans le *Cabinet des chansons plaisantes et récréatives. Paris, chez Pierre Des Hayes, ruë de La Harpe, à l'Escu de France, proche la Roze Rouge*, M. D. C. XXXI (1631), in-16 de 118 p. chif. et 1 ff. (N., Ye 2631 Rés.).
Voici le premier et le dernier couplet (sur trois) :

Que le cabaret a d'appas,	Ce Don Quichot qu'on a vanté
Je n'ay point faict de bons repas,	L'honneur de la cavalerie,
Que son séjour m'est agréable,	Eust creu pour vray estre enchanté
Qu'en ce divin lieu délectable,	En voyant ceste drolerie,
Non pour le vin friant et beau,	Car valets à rouge museau
Ny pour la délicate viande,	Les plats en main garnis de viande,
Mais parce qu'au tac du cousteau	Viennent au seul tac du cousteau
Il vient tout ce que l'on demande	Plus vite qu'on ne les demande.

(2) Voici la traduction de cette chanson : Le cher amy La Moussaye : Bon Prince, quel temps ! Landerirette ; Nous crevons sous la pluie, Landeriri. Nos vies sont assurées, Car nous sommes sodomites, Landerirette ; Nous ne crèverons que dans le feu, Landeriri.
(3) Jean Gaspard Ferdinand, comte de Marchin.

Et Bellone ta mère,
Tintin, relin, tintin.
Je ne dis rien du père
Car il est incertain.

Chanson sur la belle Dupuis, gouvernante des filles
de la Reyne en 1648.

Belle Dupuis, je quitte Lens
Et toutes mes conquestes
Pour estre à la teste
De tous vos galans.
Rien ne me peut plaire
Comme vostre peau :
J'ayme la bergère
Plus que le troupeau,
Quoy qu'il soit bon et beau.

Cyrano de Bergerac.

Couplet (1649).
AIR I

La troupe des bons catholiques
Va boire à ses chers hérétiques.
Sus, compagnons, prenons du vin ;
Que nul plaisir ne nous eschappe !
Vous direz : *Foutre de Calvin,*
Et je diray : *Foutre du Pape* (1) !

Hotman (2).

Couplet (1643).

Du Vigean au teint tout terni
Dit d'un triste langage

---

(1) Var. : Le party des bons catholiques | Et pour que personne n'échappe
    Boit à vous autres hérétiques, | Vous direz : Nargue de Calvin,
    Mes chers amis prenons du vin | Et nous dirons : Nargue du Pape !
Ce couplet est donné à Blot dans quelques Ms. (Voir chanson p. 49).
(2) Hotman commissaire des guerres fit ce couplet contre M. Du Vigean, confident des amours de Richelieu avec sa nièce, la duchesse d'Aiguillon (12 686). Cet

Je vois tout mon emploi fini
Et mon maquerellage
Si Monsieur de Mazarini
Ne quitte point son page.

Sur la tête de Mazarin mise à prix.
Couplet (1651).
AIR XXXI

Creusons à l'envi le tombeau
De qui nous persécute ;
Grand Dieu ! que le coup seroit beau,
Qui causeroit sa chute.
Pour perdre ce Jules nouveau
Cherchons un autre Brute.

Marigny (1).

Chanson (1648).
AIR XVIII

Or escoutez, peuple de France,
Le propre avis, en termes exprès,
Du grand Beaufort (2), dit en présence
Du Parlement, dans le Palais.

Il salua la Compagnie
De son chapeau fort humblement,
Et puis d'une voix très hardie
Luy fit ce beau raisonnement :

« Il est trois points dans cette affaire :
Les Princes sont le premier point ;
Je les honore et les révère,
C'est pourquoy je n'en parle point.

Hotman, commissaire des guerres, ne serait-il pas Vincent Hotman, seigneur de Fontenay-sur-Conte, qui avait épousé une fille d'Oudard Colbert ?
(1) Jacques Carpentier de Marigny. Voir *Bibliographie des recueils collectifs publiés de 1597 à 1700.*
(2) M. de Beaufort, ayant très mal harangué le Parlement, voulut se fâcher contre ceux qui avaient mis son *avis* en vers, et M. de Guimené lui dit qu'il avait tort parce qu'auparavant son *avis* n'avait ni rime ni raison.

« Le second, c'est de l'Éminence
Du grand cardinal Mazarin ;
Sans barguiner, j'ayme la France,
Et vais tousjours mon grand chemin.

« J'ay le cœur franc comme la mine,
Je suis pour les bons sentimens ;
Ainsi je conclus et opine,
Comme fait monsieur d'Orléans.»

A ces beaux mots, la Cour ravie
Battit des mains et dit tout haut :
« Voicy comme pour la patrie
Beaufort opine comme il faut ! »

Remerçions la Vierge aymable
Et le Rédempteur souverain
De quoy ce Duc n'est point coupable
D'estre, comme on dit, Mazarin.

Couplet (1650).
AIR XVII

Je vous le dis sans raillerie :
C'est la véritable effigie
De Jules, ce fourbe éternel ;
La Fronde jamais ne se raille,
C'est son portrait au naturel :
Il est un ministre de paille (1).

L'Oignon ou l'Union qui fait mal à Mazarin.
Sonnet (1648).

Qu'est-ce que cet arrêt d'*Oignon* (2)
Qui vous cause tant de grabuge,
Dit tout triste à son compagnon
Le Pantalon au bonnet rouge?

(1) Marigny fit ce couplet sur une figure de paille de Mazarin que le peuple brûla à Paris en 1650.
(2) Arrêts d'union du Parlement et autres compagnies du royaume des 13 et 15 juin 1648. Mazarin ayant dit que cet arrêt d'*ognon* (pour union) était attentatoire et l'ayant fait casser par le Conseil, ce seul mot d'*ognon* le rendit ridicule. Les frondeurs ne perdaient d'ailleurs aucune occasion, futile soit-elle, de s'attaquer à leur ennemi le Cardinal.

Lors une femme, qui l'entend,
Et pense que par moquerie,
L'union des cours il prétend
Ainsi tourner en raillerie :

« Cet oignon te fera pleurer,
Et ne pourras le digérer, »
Dit-elle alors tout en colère.

Un autre dit : « Tu te déçois,
Cet italien, ma commère,
Ne fait qu'escorcher le françois. »

Le Pape des Maltotiers.
Sonnet (1648).

Tout est soumis à sa puissance,
Et, sy sa Majesté vouloit,
Pas un seul officier de France
Ne porteroit glands au collet (1).

Grand fourbe ! est-il vraiment croyable
Que vous veuillez, ambitieux,
Passer pour un Saint dans ces lieux
Où chacun vous tient pour un Diable?

L'enlèvement de nos deniers,
L'oppression des officiers,
Le peuple mis à l'indigence,

Et tant de maux dont on se plaint,
Que seul vous causez à la France,
Sont-ce les ouvrages d'un Saint ?

Triolet (1649).

Le vaillant prince de Condé
Nous refuse miséricorde.

---

(1) Les frondeurs appelaient Mazarin le Pape des Maltotiers. Le Cardinal, voulant persuader à Bouqueval, doyen du Grand Conseil, que les assemblées n'étaient point permises, lui dit en propres termes : « Venez ça, vous portez des glands ; si le roi vous défendoit d'en porter, vous serait-il permis d'en porter après sa défense ? Répondez, » Or, je dis de même : « Puisque le roi vous défend de vous assembler, pourquoi ? » etc. Cette comparaison burlesque servit, le lendemain, de matière à tous les rieurs.

Vertubleu ! qu'il sera frondé,
Le vaillant prince de Condé !
Car on dit qu'il est secondé
Par des gens de sac et de corde.
Le vaillant prince de Condé
Nous refuse miséricorde.

Les généraux de la Fronde.
Triolet (1649).

Qu'il fait beau voir nos Généraux
Dans l'enceinte de nos murailles
Monter dessus leurs grands chevaux !
Qu'il fait beau voir nos Généraux !
Dieu les préserve de tous maux
Et de combats et de batailles !
Qu'il fait beau voir nos Généraux
Dans l'enceinte de nos murailles !

Messieurs nos quatre Généraux (1)
Avecque leur troupe bourgeoise
Nous ont fait de fort beaux cadeaux,
Messieurs nos quatre Généraux,
Et mesme un grand pont de bateaux
Pour mettre Viljuif dans Pontoise,
Messieurs nos quatre Généraux
Avecque leur troupe bourgeoise.

Sur Gondy, coadjuteur de Paris.
Triolet (1649).

Monsieur nostre Coadjuteur (2)
Vend sa crosse pour une fronde ;
Il est vaillant et bon pasteur,
Monsieur nostre Coadjuteur !
Sçachant qu'autrefois un frondeur
Devint le plus grand Roi du monde,
Monsieur nostre Coadjuteur
Vend sa crosse pour une fronde.

(1) Le duc d'Elbeuf et ses trois enfants.
(2) Jean-Paul-François de Gondy de Retz, né en 1613, coadjuteur de Paris
en 1643, cardinal en 1651, mort en 1679, auteur des fameux *Mémoires*.

Monsieur nostre Coadjuteur
Veut avoir part au ministère ;
On dit qu'il est fourbe et menteur,
Monsieur nostre Coadjuteur.
Le petit frère avec la sœur
Seront fourbis, c'est chose claire,
Monsieur nostre Coadjuteur
Veut avoir part au ministère.

Monsieur nostre Coadjuteur
Est à la tête des cohortes ;
Comme un lion il a du cœur,
Monsieur nostre Coadjuteur !
En sortant, il est en fureur ;
Mais s'il faut regagner les portes,
Monsieur nostre Coadjuteur
Est à la tête des cohortes.

Corinthien (1), c'est trop de chaleur,
Vous avez l'esprit trop alerte ;
Un chapeau de rouge couleur !
Corinthien, c'est trop de chaleur.
Quand vous ne seriez pas pasteur,
Il en faudroit de couleur verte.
Corinthien, c'est trop de chaleur,
Vous avez l'esprit trop alerte.

Coadjuteur, qu'il te sied mal
De nous exciter à la guerre
En faisant le brave à cheval !
Coadjuteur, qu'il te sied mal !
Tu devrois estre le canal
Des grâces de Dieu sur la terre.
Coadjuteur, qu'il te sied mal
De nous exciter à la guerre !

Le Prince d'Elbeuf et ses enfants.
Triolets (1649).

Monseigneur le prince d'Elbeuf,
Qui n'avoit aucune ressource

---

(1) Gondy avait levé un régiment qu'on nommait le régiment de Corinthe,
parce qu'il était archevêque titulaire de Corinthe.

Et qui ne mangeoit que du bœuf,
Monseigneur le prince d'Elbeuf
A maintenant un habit neuf
Et quelques justes dans sa bourse,
Monseigneur le prince d'Elbeuf (1),
Qui n'avoit aucune ressource.

Monsieur d'Elbeuf et ses enfans
Ont fait tous quatre des merveilles ;
Ils sont pompeux et triomphans,
Monsieur d'Elbeuf et ses enfans !
L'on dira jusqu'à deux mille ans,
Comme une chose sans pareilles :
Monsieur d'Elbeuf et ses enfans
Ont fait tous quatre des merveilles.

Ils se promènent, ces Césars,
Tout chamarrés d'or par les rues ;
Oui, comme de petits dieux Mars,
Ils se promènent, ces Césars.
Alors qu'au milieu des hasards
Nos braves ont leurs dagues nues,
Ils se promènent, ces Césars,
Tout chamarrés d'or par les rues.

Vous et vos enfans, duc d'Elbeuf,
Qui logez près de la Bastille,
Valez tous quatre autant que neuf,
Vous et vos enfans, duc d'Elbeuf.
Le rimeur, qui vous mit au bœuf,
Méritoit quelque coup d'estrille,
Vous et vos enfans, duc d'Elbeuf,
Qui logez près de la Bastille.

Rentrez, bourgeois, ne dormez pas,
On a trop soin de vostre vie :
Monsieur d'Elbeuf ne le veut pas.
Rentrez, bourgeois, ne dormez pas.

(1) Charles de Lorraine, duc d'Elbeuf et ses enfants : Charles III, duc d'Elbeuf ; François, tige des comtes d'Harcourt ; François-Marie, comte de Lillebonne.
Cette pièce fait allusion à leur arrivée à Paris, le 9 janvier, où ils venaient offrir
leurs services au Parlement. Les parisiens reçurent Charles de Lorraine comme
leur sauveur et le nommèrent leur général.

Puisque vous remplissez ses plats
Et rendez sa table garnie.
Rentrez, bourgeois, ne dormez pas,
On a trop soin de vostre vie.

Sur le prince de Conti.
Triolets (1649).

Le petit prince de Conti (1)
S'est déclaré pour nostre ville ;
Il n'eut jamais pris ce parti,
Le petit prince de Conti,
S'il n'avoit esté perverti
Par les conseils de Longueville.
Le petit prince de Conti
S'est déclaré pour nostre ville.

Le bossu prince de Conti
Sert de rempart à nostre ville ;
Il est chef d'un puissant parti,
Le bossu prince de Conti !
Si son frère, mal averti,
Vient ici troubler nostre asile.
Le bossu prince de Conti
Sert de rempart à nostre ville.

Le jeune prince de Conti
Fait des merveilles à son âge ;
Il est chef d'un fort grand parti,
Le jeune prince de Conti !
Combien de fois est-il sorti
Pour donner aux vivres passage !
Le jeune prince de Conti
Fait des merveilles à son âge.

Sur le duc de Beaufort.
Triolets (1649).

Le brave monsieur de Beaufort
Est pour le moins Roy de la halle ;

---

(1) Armand de Conti, frère du prince de Condé, né en 1629, fut nommé généra-lissime par le Parlement, le lendemain du jour où le duc d'Elbeuf avait été nommé général, mais à la condition qu'il ne sortirait pas de Paris.

Il est courtois, il est accort,
Le brave monsieur de Beaufort !
Mais si Louis est le plus fort
Et que la France se cabale,
Le brave monsieur de·Beaufort
Est pour le moins Roy de la halle.

Beaufort, qui n'est point endormi
Alors qu'il s'agit de combattre,
Devoit craindre son ennemi,
Beaufort qui n'est point endormi.
A vaillant, vaillant et demi !
Je crains qu'il ne se fasse battre,
Beaufort, qui n'est point endormi
Alors qu'il s'agit de combattre.

Considérant cet amiral (1),
Diroit-on pas voir Barberousse ?
Le sort lui seroit-il fatal,
Considérant cet amiral?
Non, non, il n'aura point de mal ;
Il n'est amiral que d'eau-douce !
Considérant cet amiral,
Diroit-on pas voir Barberousse?

Sur le duc de Bouillon.
Triolets (1649).

Admirez monsieur de Bouillon (2) !
C'est un Mars, quoy qu'il ait la goutte ;
Son conseil est tousjours fort bon.
Admirez monsieur de Bouillon !
Il est sage comme Caton,
Quoiqu'il boive bien et qu'il f.....
Admirez monsieur de Bouillon !
C'est un Mars, quoy qu'il ait la goutte.

Le brave monsieur de Bouillon
Est incommodé de la goutte ;
Il est hardi comme un lion

(1) Beaufort tenait de son père la charge d'amiral de France.
(2) Frédéric-Maurice de la Tour, duc de Bouillon, frère aîné du vicomte de Turenne ; il mourut, à quarante-huit ans, en 1652.

Le brave monsieur de Bouillon !
Mais s'il faut rompre un bataillon
Ou mettre une armée en déroute,
Le brave monsieur de Bouillon
Est incommodé de la goutte.

Sur le maréchal de La Mothe-Houdancourt.
Triolet (1649).

La Mothe (1), souvenez-vous-en
De la prison de Pierre-Encize ;
Il n'y avoit pas si long temps,
La Mothe, souvenez-vous-en.
On pourroit vous en faire autant
Si vostre personne estoit prise :
La Mothe, souvenez-vous-en,
De la prison de Pierre-Encize.

Sur Milly, Silly et Montatère.
Triolet (1649).

Ah ! mon Dieu ! le cruel ennuy
Que nous souffrons en tems de guerre !
A chaque pas, on voit Milly ;
Ah ! mon Dieu, le cruel ennuy !
A chaque halte on voit Silly (2),
A chaque table Montatère. (3)
Ah ! mon Dieu ! le cruel ennuy
Que nous souffrons en tems de guerre !

Triolet (1649).

Bon Dieu ! le bon tems que c'estoit
A Paris, durant la famine !
Tout le monde s'entre-baisoit

---

(1) Philippe de La Mothe-Houdancourt, duc de Cardonne, maréchal de France et vice-roi de Catalogne, eut la possibilité de faire prisonnier le roi d'Espagne, il ne saisit pas cette occasion de crainte d'offenser la nouvelle régente, sœur du roi d'Espagne. Cette faute fut suivie de la perte d'une bataille devant Lerida. Ses ennemis le desservirent auprès du roi, on l'enferma au château de Pierre-Encize d'où il ne sortit qu'en 1648. Il mourut en 1653, âgé de cinquante ans.
(2) François de Silly, comte de La Roche-Guyon.
(3) Louis de Madaillan de Lesparre, marquis de Montatère.

Bon Dieu le bon tems que c'estoit !
La plus belle se contentoit
D'un simple boisseau de farine.
Bon Dieu ! le bon tems que c'estoit
A Paris, durant la famine !

Trivelinade ou Tour de Baladin.
Triolet (1649).

Devant la Reyne, Mazarin
A fait une trivelinade (1).
Il saute comme un arlequin,
Devant la Reyne, Mazarin ;
Mais devant Cambray (2), le faquin
A fait une mazarinade.
Devant la Reyne, Mazarin
A fait une trivelinade.

Sur Boilève.
Chanson (1651).

Boilève (3) n'est qu'un pendart,
C'est un Mazarin de rempart,
Je vous en donne avis Saint-Père,
Laire la lan lan laire,
Laire la lan lan la.

S'il est prélat par ce soufflet,
Pour le baston qu'aurait-on fait?
Que servit-il pour l'estrivière?
Laire la lan lan laire,
Laire la lan lan la.

Epitaphe de Mazarin.

Je n'ay jamais pu voir Jules sain ny malade,
J'eus maintes rebufades à sa porte, à son degré,
Mais enfin je l'ay veu dans son lit de parade,
Où je l'ay veu fort à mon gré.

---

(1) Allusion à une gaminerie de Mazarin : Étant un jour en promenade avec la reine, au moment où cette princesse voulut remonter dans son carrosse, il sauta par dessus la portière avant que cette dernière fut abattue.
(2) Allusion à l'échec du siège de Cambray, juillet 1649.
(3) Un soufflet de Marigny valut à Boilève l'évêché d'Avranches.

Sur Don Juan d'Autriche.
Chanson.

Quand Don Juan (1), tout brillant de lumière,
Vint pour régir cet aymable séjour,
Chaque Belle dit à la Cour
Plaise à Vénus que je sois la première
Qui l'introduise au Temple de l'Amour.

Lors Don Juan voyant que sa présence
Avoit troublé les Dames de la Cour,
Beautés, dit-il, donnez-vous patience
Avec le temps chacune aura son tour.

Pierre Patris (2), gentilhomme de la Chambre du duc d'Orléans.

Sur le siège de Gravelines par Gaston d'Orléans (1645).
AIR II

A vous parler de Graveline (3)
En conscience et vérité,
J'estime autant sa bonne mine
Que je crains sa sévérité ;
Je croy que cette damoiselle
En fera bien mourir pour elle.

Dès qu'on approche son visage (4)
Pour en remarquer les beautez,
Ce n'est qu'ire, ce n'est que rage,
Elle est en feu de tous costez ;
Enfin, jamais nulle autre prude
N'eut la négative si rude.

(1) Quand Don Juan arriva à Bruxelles pour gouverner les Pays-Bas.
(2) Pierre Patris ou Patrix, sieur de Sainte-Marie, né à Caen en 1583. Sa famille était originaire de Beaucaire, son père Claude, conseiller au bailliage de Caen, et sa mère mademoiselle Le Bras. Il entra au service de Gaston d'Orléans en 1623, écuyer de la duchesse d'Orléans en 1660, il mourut le 6 octobre 1671, à Paris.
(3) Ville entre Calais et Dunkerque, prise par les français, le 28 juillet 1644, le duc d'Orléans commandait. Var. de l'imprimé : Pour vous parler... (Ms. 12 666).
(4) Var. de l'imprimé : Quand on regarde son visage
      Id.   : Jamais la plus sévère prude

Gaston, dans l'amour qu'il luy porte,
Ne met plus ailleurs son désir ;
Il n'en bouge, il couche à sa porte (1),
C'est tout son soin et son plaisir.
Il n'est jour ny nuit qu'il ne donne
Quelque aubade à cette mignonne.

Mais tant plus elle se chagrine
Plus on rit de l'ouïr tonner,
Elle a beau faire la mutine
Tout cela n'est que façonner.
Je suis trompé si la rebelle
N'est mise à bas en despit d'elle (2).

Qu'elle fasse un peu la cruelle (3),
Le premier et le second jour,
Ce n'est pas chose fort nouvelle (4)
A qui sçait ce que c'est qu'amour :
La pluspart de celles qu'on ayme
Ne font-elles pas toutes de mesme?

Tout ce que je trouve à redire,
C'est son peu de civilité
De se fascher, quand il l'admire,
Sans respecter sa qualité ;
Comme un autre, elle le repousse
Et n'en a pas la voix plus douce.

Cette beauté qui n'est commune
Avec son harnois endossé,
A deffendu sa demi-lune
Pour conserver son beau fossé,
Mais nos soins rendront inutilles
Les deffenses de cette fille.

Jamais une belle entreprise
Ne se voit sans difficulté
Rien ne s'estime ny se prise,

(1) Var. de l'imprimé : Il en brûle, il couche à sa porte
(2)   Id.   : Je suis trompé si la cruelle ‖ N'est bien tost prise
en dépit d'elle. Cette stance est la dernière du Ms.
(3) Var. de l'imprimé : Car de faire un peu la cruelle
(4)   Id.   : N'est pas chose bien nouvelle.

S'il n'a esté bien disputé.
Ainsi nos peines et nos pas
Font la gloire de nos combats (1).

Chevalier de Rivière (2).

*Sur le bruit du mariage de François Sabattier avec
mademoiselle de Cossé.*

Sabattier (3), nous dit-on, se vante
D'avoir dessous son bonnet vert
Bien finement mis à couvert
Plus de vingt mille escus de rente
Pour la maison *Sabateius,*
Mot latin comme *Cocceius.*

*Chanson chantée devant M. le prince de Condé durant
une débauche.*

AIR XXXII

Nouveau Germanicus,
Vray sang de Charlemagne,
Tu les a donc vaincus
Ces peuples d'Allemagne !
Et allons, petit chien de fripon,
Et allons Jean de Werth et Mercy,
Sçachez qu'il est Bourbon
Et de Montmorency.

---

(1) Ces deux dernières strophes ne se lisent pas dans le Ms., elles sont seulement à la p. 155 de l'imprimé suivant :
Nouveau recueil de chansons et Airs de Cour pour se divertir agréablement. A Paris, chez Marin Leché, 1656. In-12. Cette chanson se lit aussi avec variantes dans le *Recueil nouveau des chansons du Savoyard...* 1665. In-12.

(2) M. Paulin Paris ne donne pas de renseignements sur la famille du chevalier de Rivière : « Pour le chevalier de Rivière, si célèbre par son esprit et ses vaudevilles, il se retira de la Cour en 1658, dans l'intention de finir ses jours en Guyenne son pays natal. Il avait, longtemps auparavant, acheté de Pierre de Piedefer, marquis de Saint-Mard, la charge de premier gentilhomme de la Chambre de Monsieur le Prince. Ajoutons qu'en 1648, le chevalier de Rivière était chambellan du Prince de Condé après avoir été gentilhomme de la Chambre.

(3) « Sabattier avoit fait banqueroute en 1639 ; il avoit épousé l'aînée de La Roche-Posay qui mourut bientôt. S'étant retiré en Bretagne, chez le duc de Brissec, mademoiselle de Brissac le trouva à son goût et l'aima si éperduement qu'on dit « qu'elle lui tiroit ses bottes ». Le bruit en courut quelque temps, mais il s'appaisa jusqu'à la mort de Sabattier, qu'elle prit le deuil. » (*Tallemant, Historiettes,* T. IV).

Il vient des ducs d'Enghien,
De nos Roys par son père ;
Mais il ne nuit de rien
Qu'il tienne de sa mère,
Et allons, petit chien de fripon...

C'est l'homme de Rocroy,
Celuy de Thionville,
Cousin de nostre Roy,
Frère de Longueville,
Et allons petit chien de fripon...

*Sur l'arrivée de Charles IV, duc de Lorraine, dont
l'armée était remplie d'espagnols* (1652).

AIR XIX

Ils sont gens de parole,
D'honneur et de crédit ;
Ils ont force pistoles,
Nos messieurs de Madrid.
Mais si leur bon vin accompagne
Piastres et doublons de poids,
Crions à haute voix
Avec nos Bordelois (1) :
Vive ce qui nous vient d'Espagne,
Hors la fille de leurs roys !

*Sur Bréauté,
Couplet.*

Quand Bréauté sortit de l'Oratoire (2)
Il a prétendu
Que n'estant plus de l'Institut
Il pourroit chanter, manger, rire et boire.
S'en est fait, le mal est sans remède,
L'Amour et Bacchus échauffent ses désirs,
Dans ses transports, il ne sçait que choisir
Ou de Vénus, ou bien de Ganymède.

_____

(1) La ville de Bordeaux s'était révoltée plusieurs fois en faveur de M. le Prince.
Ce couplet est attribué au chevalier de Rivière et à Blot,
(2) L'Oratoire avait été fondé par le cardinal de Bérulle. La bulle d'approba-
tion fut donnée par le pape Paul V, en 1613.

Anonyme.

Chanson (1650).
AIR XVIII

Ce qui cause la guerre en France
A ce que dit sa Sainteté,
C'est le pied de son Éminence,
La mule de sa Majesté (1).

Ce qui cause la guerre en France
A ce que dit sa Sainteté,
C'est la jambe de l'Éminence,
Et le bas de sa Majesté.

Ce qui cause la guerre en France
A ce que dit sa Sainteté,
C'est le doigt de son Éminence,
Et l'anneau de sa Majesté.

Ce qui cause la guerre en France
A ce que dit sa Sainteté,
C'est la main de son Éminence,
C'est le gant de sa Majesté.

Ce qui cause la guerre en France
A ce que dit sa Sainteté,
C'est le bras de son Éminence,
Le manchon de sa Majesté.

Ce qui cause la guerre en France
A ce que dit sa Sainteté,
La teste de son Éminence
Le bonnet de sa Majesté.

Ce qui cause la guerre en France
A ce que dit sa Sainteté,
La lame de son Éminence,
Le fourreau de sa Majesté.

————

(1) Sa Sainteté : Innocent X ; son Éminence : Mazarin ; sa Majesté : Anne d'Autriche.

MUSIQUE DES
CHANSONS DE BLOT
ET DE SES AMIS

I. Sa vez vous bien la dif-fe--ren--
ce qu'il y a de son E--mi--nen--
--ce A feu monsieur le cardinal Sa
réponse en est toute prê--te S'un con dui--
sait son a-ni-mal Et l'au-tre monte
sur sa bê---te.

II. Puis qu'en-fin il faut
que je qui--te ce beau ti--tre de.
des bau-ché Je veux de-ve---nir

hy - - - po - - - - cri - - te   crain te qu'il

me manque un   pe - ché   Et je pren-

-drai la con - te - - nan - ce De quelque

ca - got d'impor - - -tan - - ce.

III. Un mort ean - soit   no - - -

- tre re - jou is   san - ce Ses gens de

bien vi - - voient en paix mais je crains que

sous la re - - gen - ce Ce ne soit pis

que ja - - - mais.

Les coüi....lons de Ma...za.
- rin hom me fin Ne tra. vaillent pas en
vain   Car à cha que coup qu'il don-ne
Il fait bran, il fait branler la cou-ron-
--ne.

Ce bou-gre de Si...
- ci - le Se fait de vi_lains coups
Bon--nelle et Ro,--- main--vil--le
Ne se---roient pas si foux

Ils ai--me--raient bien mieux chevre et bi-che

Que f... quel que gar çon que

f... femme en 'con Quand el-le se-

-rait du sang d'Au-tri-che Et la veuf ve

d'un bour-bon.

VI.

Je veux que Dieu me

dam-ne si vous ne fai-tes de-lo-ger

Dame An-ne, Dame Anne Votre es tranger

Ses bar-ri-ca---des Et les fron

da - des   vous feront bientost de - ni —

cher, de - ni ------ cher.

VII.   Ma - - za - rin ce   Bour - -

ge - ron de Pa - - - - ris   chassa

les cons c'est un   re - - - ne - - gat un

bou - - - gre   ingrat De les   a - voir en

hai - ne Il n'eut ja - - mais   é - - - té qu'un

fat   Sans ce - lui de la   Rei - - ne

l'on - la sans ce - - - lui   de   la

Rei . . . . —ne.

VIII. Bel-le tous sy, ton es

prit dis—si—mu—lé Le noir sou—

—cy qui cau-se ta lan—gueur;

Dy nous le se—cret de ton cœur

Et oi ton prince a la

for—ce d'Her cu—le comme il en

a la gloire et la va—

—leur.

IX.

Vous de - man - dez d'où vient ma

pei - ne Et ce qui m'a tant dé - so -

- lé   C'est qu'on dit que j'ai mal par -

lé   Du cul et du con de la

rei - ne Ils ont men - ti les ma - za -

- rins Je n'ai point me - ri - té de

hai - ne ils ont men - ti les ma - za -

- rins J'es - ti me fort ces deux voi -

sins.

De--dans Poi...tiers la grand vil-le ga-le-...rie on fait bâ--tir Fort com--mode et fort u---ti---le Pour en...trer et pour sor--tir Le car--di--nal s'y pro-----meine Et peut le jour et la nuit En pan--touffle et sans mi--tai-ne Voir la Reyne dans son lit De-dans Poi-tiers la grand vil-le ga-le-rie on fait bâ--tir.

XI. C'est la prin ces--se Loui
-se qui va cou-cher sans che-mi---
-se Dans les i-nu-ti--les
bras d'un monarque à bar-be. gri--se
Dont le lit n'a point de draps Dont —
le lit n'a point de draps.

XII. Grand lieu-te--nant gé--né---
--ral de france Pen--se quelle est la souf-
-fran-ce D'un prin-ce en pri-son toujours dans

la transe du fer du poison

Soit plus ha-bi-le, Il est fa-ci --le

de faire au gre-din de Si --ci --le

gi -le, suis cet E --van-gi-le chacun en

se-ra ré ---jou -y Oüy par la mor-

quien-ne mor doi dai-ne Oüy!

XIII.

Hé-las! bon Dieu, quel bon-

-heur Notre Saint Père est fran ----

deur. Je le bé-ni-ray, je l'ho-no-re-

-ray tout le temps de ma vi---

-e je jure que je l'ai-me--

-ray Plus qu'il n'ai---me O-lym-pi----

-e Plus qu'il n'ai--me O-lym--pi-

-e.

XIV. Ma-za-rin de--vant Es-

-tam-pe Est al-lé planter son

camp, Mais il faut qu'il en de----

-cam-pe Et qu'il ail-le plus a--vant.

12

Sa place est trop bien gar-dé-e

Il n'en vien-dra pas à bout,

On ne bat pas un' ar-mé-e

Si fa-ci-le-ment qu'on f....

XV. Ain-si chan-toit dans son ba-

-lus-tre, Sa trist' et do-len-te Na-

-non En di-sant fitte du re-nom

Ma-za-rin est un' bou-gre il-

-lustre Ven-dez mes cott' et co-til...

- lons Sauvez son v., et ses C....

- lons.

XVI.   En-fin il n'est point de re-..

-tour, le Cardi---nal est fort mal à la

Cœur le Maza---rin grand a mi de

Con-dé, qui n'a ja-mais é-té frondé,

Ce mi--nis-tre docte et fi-dè-

- le, Fut ai-mé de ma de-moi-sel---

-- le.

XVII.

Pour Ba-chau--mont sa tendre en---fan-ce Se doit sau-ver de cet--te loi, de gam-bil-ler sous la pro--ten-ce, pour a-voir ir-ri-té son Roi Il se re--pent com-me son pè--re, et pro-met un jour de mieux fai--re, tout prêt de dresser un fac--tum, con-tre le Pre-si--dent Char-ton.

son vit dans son poing Qu'il se fouteroit lui-

même mais son cul est trop loin.

XX.

tu - - - teur des

rois de Fran-ce, Cou---lon,

Quoi que l'on ait dit, cou-ra-ge

vous a--vez du ré---pit, Jus-que à

la po-ten----ce Mais dedans l'a-ve--

-nir je vois en-fin pourtant, un peu

de gi--bet, à votre as-cen-dant.

XXI.

Cet hom--me gros et court si fa-meux dans l'his-toi--re Ce grand comte d'Har--court tout cou--ron--né de gloi--re Qui se--cou--rut Ca--zal et re--ga-gna Tu---rin Est main-te--nant Est main-te---nant re--cors de ju------les Ma--za---rin.

XXII.

J'ay ouy Gou-las ju-
-rer Ses-cri-toi-----re qu'il por-te,
Qu'il vouloit a-van--cer ce mon-sieur
de Sa mot--te, Monsieur ai-me cet
hom-me Il en fait si grand cas —
— qu'il l'a fait gen--til--hom-me car
il ne l'es-toit pas.

XXIII.

Mon-sieur de Metz, Prélat in-si--
-gne, que nous a---vons tous ju-gé di--

-gne De n'aller point en pa-ra-dis Ou si fort changé de ma--niè-re qu'il fait mai-gre le ven-dredi Et qu'il en graisse son bré-viai-re.

XXIV. Bel--le de Mont--ba--zon Vous a-vez bien rai-son D'en vouloir à nos Princes. De Lorraine et Bourbon, Vous ont mise en re-nom dans toutes les pro-vin--ces.

tort ma-da--me de Sau----geon

je prie Dieu, je vais bien à con--

fes.....se, je ne bois plus et je vis de gou-

-jeon   je n'ai bat-tu feuillant ni baisé feuil-

-lan-ti...ne   Pour quoi me fai-tes-vous

si gri..se mi......ne.

XXVII.   Ci-git le pe-tit Man ci-

-ni, Le ne-veu de Ma-za--ri...

- ni   S'oncle en pleu-re comme u-ne

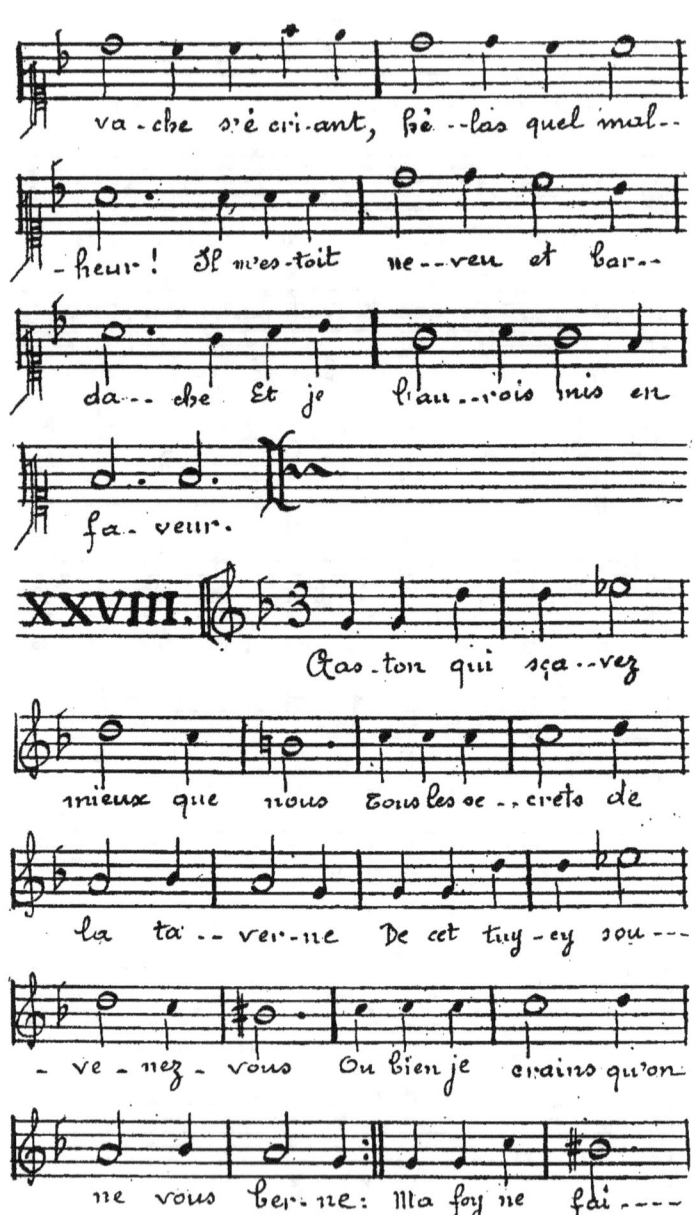

va-che s'é cri-ant, hé--las quel mal--

--heur! Il m'es-toit ne--veu et bar--

da--che Et je l'au--rois mis en

fa-veur.

XXVIII. Gas-ton qui sça--vez

mieux que nous Tous les se--crets de

la ta--ver-ne De cet tuy-ey sou---

--ve-nez-vous Ou bien je crains qu'on

ne vous ber-ne: Ma foy ne fai----

...tes pas le veau, Frap-pez si

fort qu'on vous en-ten-de. Puisqu'au seul

tac tac du cou-teau On a tout

ce que l'on de-man-de.

XXIX. Ca--rus a---mi-----

cus mu sœ--us Bo--ne prin-ceps

qua le tem-pus Son la la de ri---

--ret--te Um bre su-mus pa-ri-te

--ri Son-lan-la de ri--ri.

le coup se-roit beau Qui cau-se--

-roit sa chu-te Pour perdre ce qu-les nou-

-veau Cher-chons un au-tre Bru-te.

XXXII. Nou--veau Ger-ma-ni-

-cus Vray sang de Char--le--ma-----

gne, Tu les as donc vain-cus les peuples

d'Al-le-ma--gne ! Et al--lons pe-tit

chien de fri-pon, Et al-lons Jean de

Wert et merci, sca--chez qu'il est Bour--

APPENDICE

I. *La Custode de la Reine qui dit tout.*

II. Déclaration du Roy contre les blasphémateurs du Sainct nom de Dieu vérifiée au Parlement, 7 septembre 1651.

III. État particulier de la maison de Gaston d'Orléans (1646).

IV. Donation mutuelle de Jean de Férie, sieur de Romainville, et de Jean de Hac (1er mai 1643).

V. Testament de Louis Barbier de La Rivière, évêque de Langres (18 janvier 1655).

I. La Custode de la Reine qui dit tout, 1649.

———

M. La Borde dans son ouvrage : *Le Palais Mazarin* attribue à Blot une mazarinade — trop célèbre — datée de 1649 *La Custode de la Reine qui dit tout.* Cette mazarinade dénuée totalement de sel et d'esprit, et d'ailleurs à peu près inintelligible, ne peut être de Blot. Elle est rimée en dépit du bon sens et sa versification est telle qu'il serait impossible de la remettre debout ; certains vers ont quinze pieds et on ne pourrait en supprimer un seul sans altérer le sens. L'auteur est vraisemblablement le maître imprimeur Claude Morlot qui, ayant été surpris imprimant ce libelle, fut condamné à être pendu par arrêt de la Cour de Parlement du 20 juillet 1649. Morlot eut la chance d'échapper au châtiment du crime de lèse-majesté : Au moment où il sortait de la Conciergerie pour être mené en Grève, plusieurs garçons libraires et imprimeurs, qui se trouvaient à la porte du Palais, chargèrent brusquement les archers à coups de pierres, criant : *sus aux Mazarins ;* ils furent secondés par les gens de boutiques du quartier, de sorte que Morlot se trouva libéré dans la Cour du Palais. Plusieurs archers reçurent quelques blessures et leur chef, le sieur Le Grain, lieutenant criminel, qui les commandait, eut assez de peine à se sauver (1)...

———

(1) Mémoires de Guy-Joly.

II. Déclaration du Roy contre les blasphémateurs du Sainct nom de Dieu, vérifiée en Parlement, sa Majesté y séant, le 7 septembre 1651.

———

«..... Nous avons très estroictement deffendu et deffendons à tous nos subjets de quelque qualité et condition qu'ils soient, de blasphémer, jurer et détester le sainct nom de Dieu, ny proferer aucune parole contre l'honneur de la très sacrée Vierge sa mère ou des saincts ; Voulons et nous plaist, que tous ceux qui se trouveront convaincus d'avoir juré et blasphémé le nom de Dieu, et sa très saincte Mère, et des saincts, soient condamnez pour la première fois en une amende pecuniaire selon leurs biens, la grandeur et énormité du serment et blasphèmes, les deux tiers de l'amende applicables aux hopitaux des lieux, et où il n'y aura à l'Église, et l'autre tiers au dénonciateur. Et si ceux qui auront été ainsi punis retombent à faire les dits serment et blasphèmes, seront pour la seconde, tierce et quatrième fois condamnez ès amendes doubles, triples et quadruples. Et pour la cinquième fois seront mis au carquan aux jours de festes, de dimanche ou autres, et y demeureront de huit heures du matin jusques à une heure après midy sujets à toutes injures et opprobes. Et en outre condamnez à une grosse amende. Et pour la sixième fois seront menez et mis au pillory, et là auront la lèvre de dessus coupée d'un fer chaud. Et la septième fois seront menez et mis audit Pillory, et la lèvre de dessous coupée ; Et si par obstination et mauvaise coutume invétérée, ils continuent après toutes ces peines à proferer les dits jurements et blasphèmes, Voulons et ordonnons qu'ils ayent la langue coupée tout juste, afin qu'à l'avenir ils ne les puissent plus proferer. Et en cas que ceux qui se trouveront convaincus n'ayent de quoy payer lesdites amendes, ils tiendront prison au pain et à l'eau pendant un mois ou plus long temps : ainsi que les juges le verront estre à propos selon la qualité et énormité des dits blasphèmes. Et afin que l'on puisse avoir connoissance.....

(Ms. 21 730 B. N., f. 62).

III. Etat particulier de la maison de Gaston d'Orléans (1646).

———

Nous avons dit que Blot ne figurait ni sur l'État de la maison de Gaston d'Orléans de 1627 (1), ni sur ceux de 1644 et 1648 (2), son nom n'a été rencontré que sur l'État de 1640 qui est aux *Archives nationales.*

Nous publions l'État *particulier* de 1646 où le nom de Blot est naturellement absent, parce que cet État apporte sur Gaston d'Orléans et ses amis des indications précieuses et inédites. Rappelons que Blot a vécu de 1644 (?) jusqu'à sa mort (1655) près du frère du roi sans être attaché à la maison de ce dernier, mais restant néanmoins de ses intimes, sinon son favori.

ESTAT PARTICULIER DES PARTIES PAYÉES COMPTANT TANT ÈS MAINS DE SON ALTESSE ROYALLE QUE A PLUSIEURS PARTICULIERS PAR SON EXPRÉS COMMANDEMENT DURANT L'ANNÉE MVI° QUARANTE-SIX (1646).

Premièrement :

A Monseigneur pour ses menus plaisirs durant la dite année à raison de III ᵐlt. et par mois, sy.   XXXVI ᵐlt.

Au seigneur Dumazy, pour intherest de la somme de soixante-dix mil livres par luy avancez pour le service de S. A. R. par ordonnance de sa dite A. R ....   X ᵐl.

Au trésorier en charge pour intherests de la somme de six vingt-quatre mil livres par luy avancez pour le service de S. A. R ....   XXIIII ᵐl.

A Guillaume Pierre, cy devant cocher de S. A. R. pour reste de ses gages dont il n'avoit peu estre payé, faute de fonds .,...............   IIIᶜXXX. l.

A M. Patris pour luy donner moyen de récompenser la charge de premier maréchal des logis de S. A. R., sy.............................   XII ᵐl.

A M. de Saint-Quentin, en don, sy..........   XV ᶜl.

A Monseigneur, pour employer en affaires secrettes suivant la certification de S. A. R......   L ᵐl.

———

(1) Publié par Eugène Griselle : Maisons de la Grande Mademoiselle et de Gaston d'Orléans, 1912.
(2) Extrait des officiers commensaux de la maison du Roy... Paris, Pierre Rocolet, 1644, 2 parties, in-4 ; État des officiers, domestiques et commensaux de la maison du roy, etc., par La Martinière, 1649.

A S. A. R., pour plusieurs fraiz particuliers suivant sa certiffication ....   VII ⁼VᵈXXV. l.

A M. le Baron du Jour, en don par Ordonnance de S. A. R ....   II ⁼l.

A Monseigneur, pour employer en affaires secrettes suivant la certiffication de S. A. R......   XX ᵐl.

A Didier Oudin et Jean Moricet, trompettes des gardes de S.A.R., pour leurs casaques chamarrées d'or et d'argent, par ordonnance de S. A. R..   VIIIᵈ.

Au sieur Le Secq, trésorier de la bourse de Languedoch pour les ports, voitures et inthests de la somme de quatre-vingts mil livres par luy avancez pour le service de S. A. R., par ordonnance de sadite A. R ....   VII ⁼l.

A la damoiselle Joly, remueuze de Mademoiselle d'Orléans, en don, sy ....   Vᵈ.

A M. de Neufville-Bordeaux, pour ses gages de Conseiller au Conseil de S. A. R., sy ....   XIIᵈ.

A Madame l'abbesse de Remiremont, pour le premier quartier de la présente année, sy ....   III ⁼l.

A M. le comte de Langeron, pour remboursement, sy ....   II ⁼l.

Au sieur Foucault, en don, sy.............   XVᵈ.

A Madame de Raré, gouvernante de Mademoiselle, pour ses gages durant les six dernières semaines de l'année 1645, sy ....   VIIᵈ.

Au père Faure, cordellier pour avoir presché le Caresme devant Madame, sy ....   Vᵈ.

A Messieurs l'abbé de la Rivière, de Choisy, de Bordeaux, Goulas et de Fromont pour leurs droicts de chauffage de l'année 1645, sy.........   VIIᶜl.

A Mademoiselle de Remenecourt, fille d'honneur de Madame, pour ses gages de la présente année, sy ....   cl. l.

A M. du Boulley, pour remboursement, sy ...   II ⁼l.

A M. de Lignières, gentilhomme ordinaire de S. A. R., pour le récompenser des chevaux qu'il a perdus durant la campagne, sy ....   Vᵈ.

Au sieur Grimaudet, lieutenant général à Blois, pour luy ayder à payer la résignation dudit office, sy ....   VIᵈ.

A M. de la Bazinière, trésorier de l'espargne, en don ....   III ⁼l.

Au sieur Gedouin, commis de l'espargne, en don, sy ....   VIᵈ.

Au sieur Demeuves, barbier, en don, sy la somme de.....................................   Vᵈ.

A Monsieur l'abbé de la Rivière, pour le droit de gruerie du tresfond de son abbaye de Saint-Benoist, par ordonnance de S. A. R............   XVᶜXIIII.l. XVˢ.

A Madame la maréchalle d'Ornano, en don, sy.   XXX ▪l.

A M. de Montlouet, premier louvetier de S. A. R., pour reste de ses gages, sy ....   XIIᶜl.

A M. le baron de Cirey, en don, sy ....   II ▪l.

Au sieur Blanchet, maistre particulier des eaues et forests de Blois, pour luy ayder à payer la taxe de son dit office, sy ....   IIᶜl. l.

Au sieur de Ferrière, cy devant lieutenant général au Vicomté de Mortain, pour luy ayder à payer la résignation de sondit office, sy ......   Vᶜl.

Au sieur de Luzeret, gentilhomme de S. A. R., pour ses gages de l'année 1644, sy ....   M. l.

A M. de la Frette, capitaine des gardes du corps de S. A. R., en don au lieu de sa pention, sy   IIII ▪l.

A M. Patris, premier mareschal des logis de S. A. R., en don, sy ....   IIII ▪l.

Audit sieur Patris, capitaine des chasses de la forest de Sequigny pour ses appointements des six derniers mois de l'année 1645 et ceux des autres officiers des dites chasses, sy ....   XIIIᶜXX. l.

A M. de Montbrun, premier chambellan de S. A. R., pour ses gages de l'année 1644 ....   II ▪l.

A M. Guiot, greffier de M. de Marsilly, Grand Mˢ des eaues et forestz de France, pour sallaire et expéditions qu'il a délivrées pour l'évaluation des bois extraordinaires vendus dans les forests de Valois ....   VIᶜl.

A M. Bruno, garde du Cabinet des raretez de S. A. R., pour supplément de gages à cause de sa dite charge, par ordonnance de S. A. R......   XVIIIᶜl.

A M. de Beauharnais, président au bureau des finances de la Généralité d'Orléans, et trésorier de France en ladite Généralité, en don pour le droit annuel des dites charges, sy ....   VᶜXIIIII.l.VIII▪XIᵈ.

A M. Forget, grand maistre des eaues et forests d'Orléans, en don à cause de sa charge ....   IIIᶜl.

Au sieur de Millières, gouverneur des pages de l'escurie de S. A. R., pour le droit de l'entrée de page des dites escuries, du chevalier de Bonneville, et pour deux habitz de livrées, sy ....   XIXᶜXII. l.

A M. de Choisy, chancelier de S. A. R., la somme de six mil livres pour estre par luy distribuée à aucuns Conseillers du Conseil de S. A. R. la présente année ....   VI ▪l.

A M. de la Pigeonnière, cy devant lieutenant
général à Blois, pour ses gages de Conseiller au
Conseil de S. A. R., sy .... XII⁹l.

A M. Forget, grand M• des eaues et forests
d'Orléans, pour mesmes gages, sy .... XII⁹l.

A M. Le Camus, procureur général en la Cour
des aydes, pour mesmes gages, sy .... XII⁹l.

A M. de Bragelonne, Conseiller en ladite Cour
des aydes, pour mesmes gages, sy .... XII⁹l.

A M. Cavelier, secrétaire des Commande-
mens de Mademoiselle, pour mesmes gages, la
somme de .... XII⁹l.

A Messieurs les Conseillers au Conseil de
S. A. R., pour leurs gages de la présente année,
suivant l'estat et ordonnance de S. A. R., la
somme de .... XVIII ᵐIX⁹l.

A M. Thubeuf, pour ses gages de secrétaire
des finances de S. A. R., par ordonnance de sa
dite A. R............................... M.l.

Au sieur Philandre, pour mesmes gages, sy... VI⁹l.
Au sieur Denizot, pour mesmes gages, sy.... VI⁹l.
Au sieur Gardon, pour mesmes gages, sy..... VI⁹l.
Au sieur du Chemin, pour mesmes gages, sy.. VI⁹l.
Au sieur Richard, pour mesmes gages, sy.... VI⁹l.
Au sieur Boissier, pour mesmes gages, sy.... IIII⁹l.

Aux secrétaires des finances de S. A. R., pour
leurs gages de la présente année, suivant estat et
ordonnance de S. A. R., la somme de.......... X ᵐIIII. l.

A M. Terrat, trésorier général de S. A. R.,
pour son remboursement de la somme de douze
mil livres par lui avancez pour les étrennes et
foires de Saint-Germain de Madame au commencement de la présente année et pour trois mil
livres d'intherests à cause de ladite avance par
ordonnance de S. A. R..................... XV ᵐl.

Pour les libéralitez de Monseigneur durant la
campagne de la présente année suivant un estat
arresté de S. A. R., la somme de .... C ᵐl.

Pour les parties inopinées de mon dit seigneur,
suivant un autre estat arresté de S. A. R......... XX ᵐl.

A M. Tubeuf, suivant la certification de S. A. R. XX ᵐl.
A MM. de Raré et Fretoy, sy .... VII ᵐII⁹l.
A M. le Mareschal d'Estrées, sy .... VIII ᵐl.
A M. le *Cardinal Mazarin*, sy .... XVIII ᵐl.

A Monseigneur *pour le jeu de S. A. R.*, par un
estat particulier et certiffication de sa dite Altesse
Royalle (88.400 lt.)..................... IIII ˣ ˣVIII ᵐIIII⁹l.

A Monseigneur *pour le jeu de S. A. R., suivant un estat particulier* et certiffication de sa dite Altesse Royale (181.600 lt.)...................   CIIII^xx^I^m^VI^d^l.

Pour les parties payées comptant durant la présente année 1646, suivant l'estat et certiffication de S. A. R., la somme de ....   VI^m^VII^c^IXIIII.l.

A Messieurs de Haslus, Hasle, Le Secq, Le Vasseur, et trésorier en charge pour intherests de plusieurs sommes par eulx avancées durant la présente année 1646, suivant l'estat de liquidation des dits inthérests arresté par Monsieur de Bordeaux et ordonnance de S. A. R., la somme de de (47.838 livres 5 sols) ....   XlVII^m^VIII^c^XXXVIII.l.V^s^.

A Monsieur de Choisy, pour remboursement d'une tenture de tapicerie pour servir à la salle du Conseil de S. A. R., par ordonnance de S. A. R.   IIII^m^l.

Au sieur Le Febvre, pour récompense du service extraordinaire par luy rendu durant la campagne, sy ....   M.l.

A divers commis ordonnez par Monsieur le surintendant pour travailler aux estats au vray de S. A. R. et de Mademoiselle, et autres veryfications des années 1644, 1645 et 1646, la somme de douze cens livres, sy ....   XII^c^l.

Au Trésorier en charge pour ses taxations, fraiz de recouvrement, ports et voitures, change et rechange de deniers, durant la présente année 1646 au lieu des quatre deniers pour livres attribuez audit Trésorier pour son maniement, la somme de quinze mil livres ....   XV^m^l.

Somme totalle huit cent vingt sept mil sept cens six livres huit sols unze deniers, faict et arresté au Conseil de son Altesse Royale tenu pour ses finances à Paris le 8ᵉ jour d'avril mil six cens quarante-sept.

Signé : de Choisy,   de Bordeaux,   de Mascranny,

Goulas,   de Fromont,   d'Alibert,   J. de Castille.

Nᵃ, que les acquits de comptant et certiffication ont esté signés par Monseigneur le huictième apvril 1647 et dellivrés à Monsieur Pinette, son trésorier.

IV. Donation mutuelle de Jean de Férie, sieur de Romainville, et de Jean de Hac (1er mai 1643).

———

A tous ceulx qui ces présentes verront Guillaume Pingré, sieur de Farinville, Conseiller du Roy nostre Sire, Receveur général de ses gabelles en la province de Picardie et garde du scel Royal en la ville bailliage et siège présidial d'Amyens, establi en ladite ville et prévosté d'icelle pour sceller et conserver tous contratz, convenances, marchez, obligations et toutes autres recognoissances qui sont faites, passées et recognues entre parties, Salut. Savoir faisons que pardevant François Courtois et Nicolas Perdu, notaires garde-nottes héréditaires dudit Seigneur en la dite ville et bailliage soubzsignez, comparurent en personne Jean de Férie, escuier, sieur de Romainville, gentilhomme ordinaire de Monseigneur frère unique du Roy, Capitaine d'une compagnie de chevaux légers entretenue pour le service du Roy, et Jean de Hac, escuyer, sieur de Beaufort, lieutenant d'une compagnie de chevaux légers aussy entretenue pour le service du Roy, frères, faisans leur résidence ordinaire en la ville de Paris, parroisse Sainct-Nicolas du Louvre, estant de présent en ladite ville d'Amiens lesquelz en recognoissance de l'affection qu'ilz ont tousjours eu l'un pour l'autre se seroient mutuellement entredonnez par entrevifs irrévocablement et en la meilleure forme qu'ilz le peuvent tous leurs biens de quelque nature et où qu'ilz soient situez assy et consistens pour en jouir par le survivant en toute propriété incommutablement et dès l'instant de la mort du prédécedé en cas toutesfois qu'elle luy arrive sans que lors le prédécedé ayt enffans procréez de légitime mariage auquel cas ceste donation demeurera nulle, ce que dessus respectivement accepté par lesdits sieurs de Romainville et de Hac, donnateurs comparans et acceptans en personne comme devant. Est dit que pour ladite donation mutuelle et respective, passer et recognoistre pardevant tous juges et officiers qu'il appartiendra, faire les démissions et dessaisines requises et nécessaires, consentir les saisines et investitures estre baillées, faire insinuer ces présentes dans quatre mois suivant l'ordonnance en la prévosté et Vicomté de Paris et autres lieux qu'il appartiendra et que besoing sera, ont lesdits comparans et donnateur faict nommé et constitué leurs procureurs................
.....le porteur des présentes auxquelz ilz ont donné et donnent pouvoir de ce faire requérir et demander les lettres nécessaires aussi bien en absence que présence desditz comparans jaçoit que le cas requist mandement plus espécial également pouvoir de dire et faire autant que si les dits constituans en personne y estoient. Promectant lesdites partyes par leurs foy et serment n'aller jamais au contraire du contenu en ces

présentes et à ce tenir, entretenir, faire jouir et le tout accomplir réelle-
ment et sans fraude, ont obligé et obligent l'un envers l'autre tous leurs
biens et héritages, renonçant à toutes choses à ce contraires. Consen-
tant main assize, mise défaict, hypotecque et toutes autres seuretés
pour lentretenement et accomplissement de ce que dessus, déclarans
qu'ilz entendent les dites donnations, respectives et mutuelles avoir
lieu nonobstant toutes loix et coustumes qui pourroient estre au contraire,
ausquelles en tant que besoing est ou seroit, ilz ont desrogé et desrogent.
En tesmoing de quoy, nous garde dessus nommé avons faict mectre
le scel Royal dudit bailliage à ces présentes qui furent faictes et passées
audit Amiens en la maison et hostellerie où pend pour enseigne l'*Escu
de Ponthieu*, en laquelle maison lesditcz comparans sont logez avant
midy l'an MVI*xlII* le premier may, et ont les parties signées la minutte
des présentes avec lesditz notaires qui les ont advertis de l'édict du
petit scel, ladite minutte demeurée par devers ledit Courtois, signé Perdu
et Courtois.

Insinué le jeudy 25 juin 1643, 98ᵉ vol. des *Insinuations du Chastelet.
(Archives nat.*, Y 183, f 43).

V. Testament de Louis Barbier de La Rivière, évêque de Langres (18 janvier 1655).

In nomine patris et filii et spiritus Sancti, Salutaris cogitatio mortis.

Je supplie la miséricorde de Dieu de m'assister à l'heure de ma mort, je recongnois que sa bonté s'est faict plus paroistre en ma personne qu'en aulcune aultre de ce siècle et j'espère que sa grâce conduira mon âme à sa gloire.

Pour mon corps, s'il se peut faire, je veux qu'il soit inhumé chez les Pères Chartreux de Paris ausquels je donne la somme de dix mil livres pour prier Dieu pour moy.

Je laisse à disposition des exécuteurs dudit testament les cérémonyes de mes funérailles.

Je supplie très humblement le Roy d'agréer s'il luy plaist que je luy présente mon buffect de vermeil doré et que je prenne la liberté de luy en faire un legs par ce testament.

Je supplie pareillement Monseigneur le duc d'Orléans d'agréer ma maison de Petitbourg que je lègue avec touttes les despendances, en fermes et héritages sans aucune charge mais au cas que je sois assez malheureux de le survivre je lègue ma dite maison de Petit-Bourg à Mademoiselle, à la charge de donner cent cinquante mil livres sçavoir à mon frère vingt-cinq mil escus, pareille somme à ma sœur de la Preuille de vingt cinq mil escus, et au cas que l'un deulx decedde je donne le tout au survivant pour retourner après leur mort à Monsieur de Beauvais, mon parent, et à ses enfans nez et à naistre mais au cas que son Altesse Royalle me survive la dite somme léguée à mon frère et à ma sœur sera prise sur mes autres biens.

Je donne à l'Hostel-Dieu de Paris la somme de quarante mil escus pour estre employez en héritaiges, à la Charité du faubourg Saint-Germain trois mil livres, à l'hospital des Incurables, trois mil livres.

Aux pauvres de la paroisse de Saint-Paul deux mil livres, à chacune de mes abbayes la somme de deux mil livres pour les despences des cérémonyes de mes funérailles. Aux Minismes de la place Royalle cinq mil livres, aux pères Jésuites de la maison professe pareille somme de cinq mil livres.

Je donne à l'église de Petit-Bourg les revenus de la Chapelle dudit lieu et mil livres pour mes funérailles.

Je donne deux cens livres de rente qui seront distribuez par chacun an aux pauvres et malades dans l'estendue de ladite seigneurye dont les seigneurs et curés à l'advenir en feront faire la distribution sans que le fonds en puisse estre allienné pour quelque cause que ce soit.

Je donne à Monsieur de Grammont, mon ancien amy, la somme de vingt mil livres.

Je donne à Mademoiselle le Gendre la somme de vingt mil livres à charge de donner à Mademoiselle de Scudéry ung diamant à sa vollonté.

Je donne dix mil livres une fois payée à tous mes domestiques qui se trouveront à mon service au jour de mon deceds, laquelle leur sera distribuée à la vollonté de mes exécuteurs.

Je nomme pour exécuteurs de ce présent testament Monsieur le président Bellièvre auquel je donne un diamant de mil pistolles et au cas qu'il me prédécedde je nomme en sa place celuy qui sera premier président auquel je donne un pareil diamant de mil pistolles.

Je nomme encores de ce présent testament Monsieur le Tellier, Secrétaire d'État, mon bon et fidel amy, lequel je supplie de voulloir accepter la bague de mon gros diamant en table et au cas qu'il ne soit plus en nature j'ordonne qu'il luy soit donné la somme de trente mil livres.

Je déclare qu'encores que Monsieur de Beauvais, mon parent, soubz le nom duquel je acquis ma maison de la place Royalle m'a donné une déclaration, j'ordonne que la dite déclaration nayt aucun lieu après ma mort et que la dite maison luy appartienne en propre à luy et à ses enfans nez et à naistre, ausquelz en tant que besoin seroit, je la donne par donnation irrévocable sans que la présente donnation et déclaration puisse empescher que ladite maison ne soit vendue à condition d'un remplacement en deniers et autres héritages qui leur tiendront nature de propres.

Et pour le surplus de tous mes biens tant meubles que immeubles je le donne et lègue à Monsieur de Beauvais, Conseiller au Parlement, mon parent, à la charge que luy et ses successeurs porteront mon nom avecq le sien et escartelleront mes armes avec les siennes. Il est de noble famille, il a besoing de biens pour la soubstenir, je suis son parent et je luy faict ce don pour une juste recongnoissance de l'amytié et bonne assistance qu'il a eue continuellement pour moy et singullièrement depuis ma disgrâce, pour la peyne qu'il a prise et pour les despences qu'il a faictes pour mon retour et ma liberté.

L'estat où je suis obligé me conduit d'avoir des esgards pour des personnes qui me peuvent nuire et l'espoir de mes biens me donne des amis qui ne le seroient pas peult être sans cette considération. C'est pourquoy comme ceux qui m'environnent peuvent me surprendre et me contraindre à disposer de mes biens contre ma vollonté, je déclare par le présent testament que je révocque ceux que je pourrois avoir faictz cy-devant et que je révoque pareillement ceulx que je pourré faire cy-après comme m'estans iceulx subjérez et faictz par viollence s'il n'y a ces mesmes mots incérez dans le commencement de celuy-cy et s'il n'y a pareillement ces mots dans la fin *Spes mea Deus*. Cecy est ma dernière volonté que je veulx estre exécutée selon sa forme et teneur comme testament bon et vallable que je escript et signe de ma main pour le rendre plus authentique. Ce fut faict le 24 de septembre 1654, signé l'Abbé de la Rivière.

J'ordonne qu'il soit mis entre les mains de Monsieur le Président de Bellièvre ou de celuy qui sera premier président au jour de mon deceds la somme de cent mil livres pour estre par luy et à sa seule vollonté distribuée aux pauvres honteux, en fondations et autres œuvres pies sans que mes héritiers et légataires puissent luy en demander aucun compte. Fait ce 15⁸ janvier mil six cens cinquante-cinq. Signé La Rivière et au dos est escript.

Je nomme avec Messieurs les exécuteurs Monsieur de Beauvais, Conseiller au Parlement, comme mon bon parent pour l'exécution de ce présent testament et je le prie de faire donner à Monginot quatre mil livres. Le dix-huit janvier mil six cent cinquante-cinq signé La Rivière. Et plus bas est escript.

Paraphé le dix septième febvrier 1670 signé Daubray et de Riantes et en fin des pages recto chacun des 3 feuillets dudit testament aussy escript paraphé le dix-sept febvrier mil six cens soixante dix signé Daubray et de Riantes sur l'enveloppe dudit testament est escript : dans cette enveloppe est mon testament contenant trois feuilles par moy escript et plus bas paraphé ce dix septième febvrier signé Daubray et de Riantes. L'original du présent testament et enveloppe d'icelluy ont esté déposez ès mains de le Semelier le jeune, notaire au Chatelet de Paris, soubsignez pour en estre délivré deux expéditions à qui il apperra suivant l'ordonnance de Monsieur le Lieutenant civil incérée en son procès-verbal de l'ouverture dudit testament faict en la présence de Monsieur le Procureur du Roy au Chatelet ce jourd'huy 17⁸ febvrier 1670 signé Le Semelier.

Insinué le vendredi 30 mai 1675, 133⁸ Vol. des *Insinuations du Chatelet. (Archives nat.*, Y 218, f. 474).

TABLE DES CHANSONS DE BLOT

CLASSÉES DANS L'ORDRE ALPHABÉTIQUE DU PREMIER VERS

Les pièces marquées d'un astérique ont été imprimées dans l'édition des *Historiettes de Tallemant des Réaux* donnée par Paulin Paris.
Les numéros des Ms. imprimés en italique indiquent ceux dans lesquels les pièces sont signées.

14

TABLE DES CHANSONS DES AMIS DE BLOT

TABLE DES PRINCIPAUX NOMS CITÉS

Les noms commençant par D', Du, Le, La, sont classés aux dites lettres.

TABLE GÉNÉRALE DES MATIÈRES

Chansons des amis de Blot :

APPENDICE

Tiré à 270 exemplaires
dont 10 sur papier japon

N° 12

Achevé d'imprimer le 31 juillet 1919.

www.ingramcontent.com/pod-product-compliance
Lightning Source LLC
Chambersburg PA
CBHW070845030726
47504CB00005B/1216